朝聖

珍藏版

What To Do at
India's Buddhist Holy Sites

宗薩蔣揚欽哲諾布
Dzongsar Jamyang Khyentse Norbu ——— 著

姚仁喜譯

作者簡介

宗薩蔣揚欽哲諾布
Dzongsar Jamyang Khyentse Norbu

宗薩蔣揚欽哲諾布，一九六一年出生於不丹，被認證為蔣揚．欽哲．旺波（Jamyang Khyentse Wangpo）的轉世，自幼追隨許多偉大的上師習法，特別親近的是頂果．欽哲仁波切（Dilgo Khyentse Rinpoche）。

宗薩蔣揚欽哲諾布在青年時期，便已開始從事弘法利生的事業，包括成立佛學中心、資助修行者，出版經典書籍、以及在世界各地弘法。仁波切承繼了傳承上之宗薩佛學院及其閉關中心的弘法職責，於印度與不丹創立佛學院，並在澳洲、北美與遠東地區成立許多佛學中心。他所創立的「欽哲基金會」（Khyentse Foundation）更在十五年來以各種創意的方式，在全世界各地致力於護持佛法的工作。

他的作品被翻譯成中文的有《近乎佛教徒》（香港皇冠出版社）、其簡體字版《正見》、《朝聖》、《佛教的見地與修道》、《人間是劇場》（香港皇冠出版社）與《不是為了快樂》（橡實出版社），影響深遠。

仁波切也是聞名影壇的獲獎導演，親自撰寫並執導過《高山上的世界盃》、《旅行者與魔術師》與《VARA：the Blessing》三部膾炙人口的電影，並於最近完成第四部電影《嘿瑪嘿瑪Hema Hema》，該片並榮獲盧加諾、多倫多、釜山等國際影展邀請放映。

印度佛教聖地地圖

N
W
E
S
CHINA
中國
BHUTAN
不丹
VAISHALIL
毘舍離
PATNA 巴特那
NALANDA 那爛陀
RAJGIR HILL 靈鷲山
BODHGAYA
菩提伽耶
BANGLADESH
孟加拉
CALCUTTA
加爾各答
MYANMAR
緬甸
BAY OF BENGAL
孟加拉灣

PAKISTAN
巴基斯坦
DELHI
德里
NEPAL
尼泊爾
LUMBINI
藍毘尼
SRAVASTI 舍衛城
KUSHINAGAR 拘尸那羅
VARANASI 瓦拉納西
（SARNATH 鹿野苑）
SANCHI
桑奇
AJANTA 阿旃陀
ELLORA 愛羅拉
MUMBAI
孟買
NAGARJUNNA
KONDA
龍樹丘
ARABIAN
SEA
阿拉伯海

目錄

第1部 旅程

第2部 修持

【附錄】

第一部・旅程

佛教聖地

前往聖地朝聖，是數千年來所有偉大的宗教都鼓勵信徒們從事的修行。近年來，朝聖愈來愈受歡迎，部分的原因是它讓靈性追求者有個機會，享有兼具遊樂與善行的假期。對我們大部分人而言，到具有異國風情的地方去旅行，比起我們傳統所鼓吹的嚴峻修行，來得有意思多了。雖然追求玩樂不應該是前往朝聖的唯一理由，但它畢竟是個很有效的胡蘿蔔，可以誘使像我這種物質主義的佛教徒，至少做了某種型式的修行。而且朝聖也是相對容易達成的事，這就更吸引我們了。

一般而言，心靈朝聖之旅的目的，是要造訪某個「神聖」之地。然而，「神聖」是甚麼？它在何處？這會隨着不同的靈性傳統和修行方式而有所改變。對有些宗教而言，由於曾經有先知出生或被謀殺在某個地點，該地就被認為是神聖之地；或者，因為有聖人加持過某根釘子或某塊木頭，它們因此成為「神聖」之物。從佛教的觀點，一個人、一件東西、甚或一個時刻被描述為「神聖」，是指它不為人類貪婪與瞋恨，或者更重要的，不為二元與分別的心所染污。因此，嚴格地說，我們並不需要尋求外在的聖地或聖人；如同佛陀親自所應允的：「任何人憶念我，我就在他面前」。當我們對佛陀與他的教法生起憶念心或虔敬心的那一剎那，他就會與我們同在一處，而該處也就會成為「神聖」之地。

然而，我們多數人的問題是，不論聽過多少遍這種說法，我們「聽明」、悲觀而且多疑的心根本就不相信，以致於我們一點都不像來自貢布的阿班（Ben of Kongpo）。阿班是屬於那種稀有的人——一個具足豐裕福德以及絕對信心的聖者，他的純真與清淨的虔敬心，使他能毫不費力地消除了制約感知的局限。他從小就心儀在拉薩聞名的覺沃仁波切①，一直聽說他的各種故事；經過多年的渴望，阿班終於得以成行，從藏東康地遠行到拉薩，前來親見覺沃仁波切。

阿班抵達供奉這尊佛像的寺廟那一天，正好四下無人，因此他得以直接走到覺沃仁波切的正前方；他凝視着佛像金色微笑的臉龐，心中即刻生起極大的好感。然後阿班注意到，這位好喇嘛四周有許多供品和酥油燈，不知道是做甚麼用的。他思忖，也許這些食子和燈上熔化的酥油是喇嘛的食物，而且，禮貌上他應該跟喇嘛一起分享才對。於是，阿班就拿了一大塊食子，沾了燈上的酥油，很高興地吃下去。

①覺沃仁波切Jowo Rinpoche是一尊釋迦牟尼佛像，至今都被認為是西藏最神聖的佛像之一。

接着，阿班想，他應該去繞佛。可是問題來了，他必須把鞋子脫掉，卻不知道要放在哪裏才安全。他心想：「這位好喇嘛應該可以幫我看着鞋子吧！」於是他脫下鞋子，放在覺沃仁波切的腳下，就前去繞佛了。一會兒工夫，看管寺廟的人回來了，他看到這雙最舊、最髒、最不成體統的鞋子，竟然放在覺沃仁波切面前，驚嚇不已。他二話不說，立刻上前想要把這雙鞋子拿開，然而，出乎意料地，當他彎下腰拿起鞋子時，覺沃仁波切開口了，他說：「不要丟掉這雙鞋子！這是貢布阿班要我幫他看着的！」

最後，阿班要離開時，回到這位好喇嘛面前，謝謝他幫忙看着鞋子，而且還邀請覺沃仁波切到他貢布的家鄉造訪。這尊佛像毫不猶豫地回應道：「我會去。」根據巴楚仁波切所說，覺沃仁波切翌年造訪了阿班與他太太，而後就消融至附近的一塊巨石中。從此之後，這塊石頭一直被人們認定與拉薩的覺沃仁波切一樣神聖。

像阿班這樣心地單純的故事很多。這些故事告訴我們，由於這些人有着如此專一渴望的虔敬心，因而創造了聖地，甚至迎請了聖者親身示現在他們自己的感知之中。就像另外一個例子：有個人名叫洛卓，他對文殊師利菩薩有極大的虔敬心。有一天夜晚，他在書上讀到一段令他驚喜的文字，文中提到文殊師利菩薩曾經三度誓願，對於任何造訪五台山[2]的人，他都會親現其身。對洛卓而言，這是最美妙、最動人的發現了。他興奮異常，好不容易熬過了無法闔眼的一夜，連早飯都沒吃，就跑去上師家裏，請求上師的允許與加持，讓他前往五台山。起初洛卓的上師極力勸說他，這樣一趟充滿了危險及困難的旅途，完全沒有必要；但洛卓堅持要去。他

[2] Mount Panchashisha，五台山。相傳為文殊師利菩薩的道場。

一再地懇請上師讓他成行，上師終於放棄努力，同意了他。

在那個年代，旅行是相當艱難的。但是洛卓不畏懼任何可能遭遇的危險，打包了幾個月分量的食物和藥品，放到驢子背上，跟上師、家人與朋友道別後，便踏上橫越西藏高原的旅途。

一路上崎嶇難行。洛卓渡過了好幾條湍急險峻的河流，走過了好幾個炙熱乾燥、只有毒蛇和野獸相伴的荒漠。經過幾個月的旅程，洛卓終於安全抵達了五台山。他隨即開始尋找文殊師利。他一再地到處尋覓，但是卻連一個稍微貌似文殊師利菩薩的人都找不到。一天夜裏，他倚着寺廟前冰冷的鐵製台階上休息，很快地就睡着了。

後來他回想起來，依稀記得走進了一家很熱鬧的酒館，有許多當地人在裏面喝酒喧鬧、談天說笑。由於天色已晚、洛卓也累了，於是他想要個房間住。但是坐在走廊盡頭、小桌子後面肥胖的老闆娘告訴他，客棧已經住滿了，除非他願意睡在廊邊的角落。他滿懷感激地接受了，安頓下來，從行囊裏拿出一本書出來唸，準備入睡。

過了一會兒，一群喧鬧的少年從酒吧衝進走廊，開始捉弄這位胖老闆娘。洛卓想辦法不去注意他們，但為首的少年卻看見了他。他大搖大擺地走過來，端詳着洛卓。

「你來這兒幹甚麼？」他問道。

洛卓不知如何回答，情急之下，天真地把文殊師利菩薩的誓願說了出來。這位少年聽完，大笑不已。

「你們這些西藏人怎麼都這麼迷信！為甚麼呢？」他大叫：「你還真的相信從書本裏讀到的東西！我在這裏住了一輩子，從來也沒聽過任何一個叫做文殊師利的人！」少年難以置信地搖搖頭，轉身走回那群夥伴，一邊回頭說：「冬天快到了，你最好趕快回家，免得凍死在這裏！」

於是這群人搖搖晃晃地又回到酒吧喝酒去了，老闆娘跟洛卓互相使了個眼色，鬆了一口氣。

過了幾天，洛卓再度上山尋覓，還是無功而返，在路上又撞見這位少年。

「你還沒走啊！」他叫道。

「好吧！我放棄了！」洛卓答道，露出一絲蒼白的微笑。「你是對的，我太迷信了！」

「你終於受夠了吧！是不是？」少年得意地叫道：「終於肯回家了吧？」

「我想我就去蒙古朝聖，」洛卓說，「反正就順道回家，也不會讓這次的旅途是完全浪費時間。」

洛卓看起來很傷心，他說這些話的時候，雙肩無力地向下垂。這位中國少年的心被洛卓的模樣軟化了。

「我跟你說，」他變得不像先前那麼氣勢凌人了。「你的盤纏不多了，食物也所剩無幾，你需要有人幫忙才行。這樣好了，我有個朋友在蒙古，我寫封信給他，你把信送去，我相信他一定會想辦法幫助你的。」

第二天，洛卓再度把他所有的東西打包到那頭老驢子的背上，他心灰氣餒地看了這文殊之山最後一眼，絕望中期望着文殊師利終能現身與他告別，可是甚麼也沒有。在他面前匆忙來去的人群裏，除了那位帶來信件的中國少年之外，甚麼也沒出現。洛卓向他道謝，把信塞在犛牛皮大衣裏，就往蒙古去了。

走了幾個月後，洛卓來到了少年所說的地方。他把信函拿在手上，逢人就打聽收信人住在哪裏。不知怎麼回事，問到的人看了都大笑，讓洛卓非常困惑。最後洛卓遇到一位老太婆，她忍住不笑，問洛卓她是否可以打開信函，讀讀內容。洛卓把信交給她，自己卻不去看信。她仔細地讀過之後，問道：「這封信是誰寫的？」

洛卓就把事情的經過告訴了她。老太婆搖搖頭嘆口氣說：「這些年輕小伙子！總是欺負像你這樣無助的朝聖者！不過我倒是知道有隻畜牲，牠就叫做這信上收件者的名字。如果你真的要把信送到，去村子邊的垃圾堆上，就可以找到這隻豬。牠很胖，你絕對不會找不到的。」

雖然洛卓聽了一頭霧水，但是他想，既然已經來到這裏，就去瞧瞧那隻豬吧！不久，他找到了一個如山一般高的垃圾堆，頂上坐着一隻長滿毛的大肥豬。洛卓打開信函，很尷尬地把它拿到那隻豬細小而明亮的眼睛前面；讓他驚訝的是，那隻豬竟然似乎真的讀起信來！豬唸完了信，開始無法控制地哭泣起來，然後倒下來，死了。洛卓突然生起強烈的好奇心，想知道是甚麼內容會對這畜牲有這麼大的影響力？於是他終於讀了這封信。信上寫着：

法聖菩薩：

您在蒙古利益眾生的任務已經圓滿。請速回五台山。

文殊師利　親筆

洛卓既驚又喜，他重拾信心，以最快的速度奔回五台山，心中只有一個念頭：「這次我再見到文殊師利，我一定要緊緊抓住他，不讓他離開！」

他回到先前下榻的酒館，找到老闆娘。洛卓問她是否看到那位少年。

「那群少年總是來來去去的，誰曉得現在又到哪兒去了！」

洛卓聽了，心一沉。

「你看起來很累了，」老闆娘的語氣變得溫柔一些，「倒不如去睡個覺，明天再去找那些年輕人吧！」她把上次的那個角落又給了洛卓，他很快地就睡着了。當洛卓從台階上摔下而醒來時，他才發現自己還在寺廟前，整個人都幾乎凍僵了。四下無人，沒有老闆娘、沒有酒館、也沒有小鎮。他置身五台山，這個據稱是文殊師利菩薩駐錫的外境，然而，洛卓的福德使他與文殊師利菩薩有關的一切體驗，都發生在一場夢裏。我一直希望洛卓終能理解，文殊師利菩薩的悲心是如此地廣大而遍在，在任何地方都可以迎請他現身，即便就在自己的家鄉也行。從這個觀點來看，雖然洛卓的五台山之旅是沒有必要的，但絕對不是浪費時間。因為假若他不去朝聖，也許就經驗不到這個內在的旅程，也許也就不會有任何的了悟。

聽聞了德松（Deshung）仁波切說過這個故事之後，我造訪五台山數次，結果都比洛卓還不成功。我不僅完全無法迎請文殊師利菩薩現前，甚至連個夢都沒有。唯一發生的，是我對大部分寺廟的售票機制與售票僧人感到厭煩，尤其是看到許多神聖的殿堂被簡化為歷史紀念建築，令我極為失望。然而，過了一下子，我的智識心開始懷疑，那些只在乎門票銷售量、傲慢又貪得無厭的僧人當中，是否有一位正是文殊師利菩薩本人？誰知道呢？

在世尊佛陀入滅二千五百年後的今天，佛法修行者得以造訪許多聖地，比如我們的導師證得正覺的菩提伽耶（Bodhgaya），或他曾經說法的瓦拉納西（Varanasi），以及所有其他在兩百年前都還不太為人所知的佛教聖地。我們在這些聖地重溫歷史，大多的故事都溫馨感人而且栩栩如生，我們藉此鼓舞自己、也相互激勵。然而，並非所有的聖地都有如此振奮人心的歷史。

在西元前三世紀中葉，阿育王歷經許多血腥與征戰之後，控制了印度絕大部分的疆土。但是羯陵迦（Kalinga，現今的奧禮薩邦Orissa）的領導者拒絕降服於他的意志，於是阿育王派遣印度有史以來最強大的軍隊入侵，要把對方完全殲滅。戰爭的結果，總共有超過十萬以上的士兵被殺，無數的家庭被迫離散，阿育王贏得了空前的勝利。戰後的羯陵迦滿目瘡痍，就像在二次世界大戰時遭到原子彈轟炸的廣島一般。

當這位大王視察這一大片屍首成堆、血流成河的戰場時，他突然被一股強烈的領悟所衝擊，他了解到自己必須為這麼巨大的痛苦與恐怖負起最大的責任；最後，他終於能夠由自己的暴力所帶來的傷痛中有所收穫。他深刻的悔恨，使他成為世尊教法的追隨者，而且將自己的下半輩子，完全致力於廣揚佛法，成為佛教史上佛弟子轉化最著名的例子。如今，對於發願修持非暴力（ahimsa）的人而言，這個可怕的戰場成為真正具有啟發性的聖地。

鹿野苑是遠近馳名而且備受尊崇的聖地，因為就在此處，佛陀與他的五名弟子第一次討論了四聖諦。從此以後，這個教法傳遍了亞洲，對遠至中國、日本、緬甸等國家的國王、政治家與學者們，都產生了極大的影響。由於四聖諦深遠廣大，而且放諸四海顛撲不破，如今也開始進入西方靈性追尋者與學者的心靈。也因如此，數以百萬計的人們得以睜開雙眼，見到佛陀話語的真理，轉變了他們的心靈，也完全轉化了他們的生命。

菩提伽耶——大覺寺

雖然「聖地」一詞是個相對的說法，佛陀在「祈願文之王」：《大方廣佛華嚴經》的《普賢行願品》中，談到究竟真理時說：

普賢行願威神力　普現一切如來前
一身復現剎塵身　一一遍禮剎塵佛
於一塵中塵數佛　各處菩薩眾會中
無盡法界塵亦然　深信諸佛皆充滿

根據這段祈願文，現象界的每一個原子（塵）裏，就包含了如同宇宙中所有原子等同數量的佛；這表示，我們不能排除目前有佛住在北京的三里屯或巴黎的布洛涅森林裏的可能性。事實上，這不只是可能性，而是百分之百的確定。然而，大多數人的心都十分僵化，因此任何造訪這些地方的人，都極不可能感知他們當中有佛存在。

大致上說，一般對「聖地」的觀點，都認為它們應該是高貴、華麗而且幾乎是完全靜態的。我們從小就一直受到所有社會規範與期待的桎梏，對於真正廣大見地的心所具有的彈性與開放，我們無法習慣。對多數人來說，聖地應該是安祥、潔淨而且井然有序的；而非燥熱、吵雜、塵土飛揚、蠅蟲亂飛而且臭氣沖天的。然而，像菩提伽耶或瓦拉納西等地，完全是一片混亂，卻仍然被尊崇為真正神聖的地方。我們絕對不該忘記，二千五百年前（當時印度與尼泊爾的邊界不像今天那麼準確），釋迦牟尼佛選擇誕生在古印度，而且未來還有九百九十八尊佛將於該處出世。這就是多數人都認為這些地方遠比潔淨的瑞士更為神聖的主要原因。

佛教聖地並不一定是與釋迦牟尼佛生平有關的地方——比如他誕生、證悟、說法、涅槃之處；有許多聖地與其他諸佛，以及我們這個時

鹿野苑

代的阿羅漢、菩薩、佛陀弟子等有關。在佛教的黃金時期，許多大師在亞洲各地弘法，包括突厥斯坦、阿富汗、巴基斯坦、印尼、中國、西藏、尼泊爾，當然還有印度。然而，數世紀以來，有些地方已經失去與佛法的緣，雖然現在還有可能造訪它們的聖地，但這些地方大都已經難以辨認，或經常處於政治不穩定、甚至是危險的情況之中。

密乘佛教對分布在全世界五十六個地點的聖地與聖殿③，有不可思議的描述。此外，還有一些隱匿的聖地，例如不局限於單一地理位置的香巴拉王國等。這些秘境都是由過往的密乘大師所發現，後來成為人們終身投入修行之處。歷史上經常可見，精進的佛法修行者犧牲了家園、親人、事業與所有的世俗財富，為的就是前往這些隱秘之處修

③ 一般稱為「二十四個聖殿與三十二個聖地」。

行。有些地方頗有名氣，例如錫金的扎西頂（Tashi Ding），以及中印邊界的白馬崗（Pemako）等。

位於印度與喜馬拉雅山區的古老聖地，經過歷代諸佛與菩薩不斷的加持，以及數百萬朝聖者絡繹不絕的參訪，因此這些地方至今仍生動鮮活，而且深刻感人。這些聖地未經任何人規畫或控制，也沒有人主導類似「聖地體驗營」的東西，更沒有過多的宣傳與剝削；換句話說，到目前為止，沒有任何「迪士尼」心態的痕跡。至今我們還可於午後坐在恆河邊上，看着火葬儀式的進行，聞着火燒屍體的氣味，沉醉於繚繞的吠陀唱誦聲中，彷彿三千年來，一切都未曾改變過。

一般而言，我們所居住的環境會影響我們思考的方式，也會影響我們對周遭的看法。值得我們牢記的是，在億萬個星球當中，釋迦牟尼佛選上了我們這個地球來出生；在上百個國家當中，他卻選上了古印度；而在所有可以選擇的地點當中，他選上了印度的比哈爾省來證悟。在第一眼的印象中，比哈爾省既不清靜又不具靈性；事實上，它正好完全相反。但是當你一到菩提伽耶，特別是你進入內圍（inner circle）時，馬上就會感受到這是個非常殊勝的地方。靈鷲山也是如此，它非常狹小，十步之內就可以從這一頭走到那一頭。若是看在地產商的眼裏，這簡直是個社交沙漠。然而在這裏，世尊佛陀曾對數百位比丘、阿羅漢與菩薩們，開示了非常重要的教法。

鹿野苑遺跡

菩提伽耶

佛陀的四句宣說

在佛陀即將滅入究竟涅槃（般涅槃 parinirvana）之前，親近的弟子問他：「作為佛弟子，我們應該如何向全世界描述您呢？」於是，為了利益他的弟子與所有的眾生，佛陀給了很多忠告，其中包括了這四項特別的內容：

「諸位要告訴世人，有位凡人悉達多，來到這個世界上，他證得正覺，教導了證悟之道，最後滅入究竟涅槃，而非成為不死之身。」

換句話說，佛陀教導我們：

- 雖然有情眾生因染污而凡庸，我們卻都本具佛性；
- 我們的染污是暫時的，並非究竟的本性，因此是可以去除的。染污去除的結果，我們得以成佛；
- 有一條道路指引我們，如何去除染污、證得正覺；
- 依循此道，我們便可證得離於各種極端（邊見）的解脫。

佛陀的教法提供各種不同的方式，從單純地念誦咒語，到最繁複的禪定修持，來幫助我們記住這四句宣說。事實上，牢記這些教法，並將之付諸實行，就是佛教修持的骨幹；而在傳統上，有一個幫助我們達到這個目的之法，就是朝聖。

許多宗教都鼓勵信徒們前去朝聖，由於釋迦牟尼佛是所有佛弟子所皈依的無上導師，他的教法是我們努力遵循的，因此對我們來說，最重要的聖地就是佛陀為了利益有情眾生而開示教法的地方。雖然我們應該發願造訪所有的這些聖地，但是傳統上，有四個地點是大家公認最重要的。它們是：

- 藍毘尼：悉達多以凡人之身誕生之處；
- 菩提伽耶：悉達多證得正覺之處；
- 瓦拉納西（鹿野苑）：佛陀教導邁向證悟之道之處；
- 拘尸那羅：佛陀證入究竟涅槃之處。

然而，我們必須牢記在心裏的是，朝聖的重點並非只是去參訪聖者的誕生地，或只是去凝視發生過重大事件的場所而已。我們前往朝聖，為的是要幫助自己記住佛陀所有的教法，而其精髓就包含在他入滅前所開示的四句宣說。身為佛教徒，憶念佛陀並不是對自己的導師做白日夢，而是憶起他的每一個教法，因為佛陀不僅是導師，他本身就是教法。也因此，在泰國、西藏、緬甸等傳統的佛教地區，都會以印度聖地之名為寺廟命名，甚至複製自己的菩提伽耶的大覺塔，以及許多其他聞名的聖殿與聖像。

一・悉達多以凡人之身誕生

這句宣說涵蓋了佛陀教法的核心之一，也是大乘佛教哲學的中心思想——佛性（如來藏，tathagatagarbha）。藉由告訴我們悉達多一開始是個凡人，佛陀清楚地表明他不曾是、也不會變成本初完美的上帝或全能的造物者。《本生鬘經》（Jatakamala Sutra）裏有很多故事，關於佛陀曾經如何在多生當中投生為各種不同的有情眾生，像是鳥、龜、魚等；而在這些轉世的過程中，他承受了與我們相同的所有煩惱和問題。而後，這位凡人歷經種種形式的淬煉，其中包括幾乎無法想像的精神與肉體的煎熬，直到最後，他終於發現了真諦。

佛陀以第一句宣說告訴我們，我們每個人絕對都與他具有相同的潛力，能夠覺醒證悟；而且我們只要採行正道，就能跟他完全一樣。每一位有情眾生都有佛性，因而都可以證悟；所以，即使我們完全相信自己愚蠢而無知，而且經常對自己做的可笑或可怕的事情——所謂「負面的行為」——感到絕望，但是不論我們的染污多麼厚重，它們全都可以被去除。

佛陀在此指陳出另外一點，也許更為重要，那就是：證悟者能體現一切尊聖的證悟功德，包括遍知與全能。所以很顯然的，我們之中沒有誰是證悟的——因為如果我們記不起昨天吃了甚麼，我們就不是遍知；我們對自己眾多的問題一個都解決不了，因此我們也絕非全能，更不用說我們對自己不斷產生的瞋恨、忌妒與傲慢完全無能為力。麻煩的是，認知這個事實會讓證悟的可能性看起來非常渺茫，而且許多人會開始懷疑：「我怎麼可能成佛？這根本是太異想天開了，這是完全不可能的任務！」畢竟，我們從無始以來一直都在做惡，我們一直是骯髒、世俗、「有罪」的，而且我們太過平庸，以致不可能成佛。但是，根據世尊佛陀，這位具足真正遍知全能與無量功德者所說，所有令我們平凡的因，都可以去除。這是他第一句宣說的精要：悉達多曾是個與我們有同樣難題與執着的人，但他設法盡除了它們，因而變得不平凡。

二・悉達多證得正覺

在此，佛陀告訴我們，對任何人而言，證悟必須是、也確實是可以達到的；而且染污也必須是、也確實是可以去除的。如果證悟的目標不可能達成、染污無法去除，那麼我們所依循的這條道路，本身就是欺騙而毫無意義的途徑。

想像要從一堆芝麻子裏淬取麻油。你知道芝麻子裏有油，這是你會試圖淬取它的原因。換一種說法，芝麻子裏有油的事實，就是費力去運用淬取之道的理由。如果芝麻子裏沒有油，試圖淬取的努力就完全是浪費精力。在這個例子中，芝麻子用來比喻靈性追尋者，而芝麻油則比喻為佛的功德。是芝麻子，就有芝麻油；同樣的，如果你是有情眾生，你就具有佛陀的證悟功德。也就是這個原因，佛陀說他自己設法盡除了染污而達到證悟的這句宣說，具有如此重大的意義。

當我們看着芝麻子，我們只見子而不見裏面的油，但我們確定：在適當的條件下，油就會出現。這就是正見，而正見不會讓你失望。但另一方面，削鑿一塊石頭而相信終究會榨出油，只會導致失望。

我們的任務就是要建立信心，相信我們的真實本性具有與佛陀的本性完全一樣的潛能，而且相信我們只需要依循悉達多的例子，運用正確的方法，就能讓那潛能成熟。

三・佛陀開示教導

現在我們知道，無論我們覺得自己有多壞，每個人都有潛力成佛。我們也知道一位名叫悉達多的印度王子，他曾經就像你我一般，然而他完全開發了那份潛能，因而證明發現一己的佛性是可能的。如果沒有解脫之道，如果釋迦牟尼佛是有史以來唯一能達到證悟的人，那麼我們剩下的這些人就毫無希望，而且佛陀的前面兩句宣說也就只是空談而已。但是世尊佛陀以他偉大的悲心，教導了解脫之道，讓所有對證得正覺有興趣的人，能夠選擇各種方式來達成。然而佛陀從不將他的教法教條化，他從不強迫任何人遵從他的建議；相反的，他總是建議我們分析他所教導的每件事，自己確定這些教法是否能幫助我們；如果聽起來沒有道理，我們根本就不應該去嘗試。

四．佛陀滅入無餘涅槃

佛陀的最後一句宣說告訴我們，達到證悟後，他並未因而成為不死的救世主，以真實存在的神祇身分永遠活着，或者有一天他會回來審判我們。他也並未因此而變為那種喜歡大家為他供燈、上香的神靈。佛陀無法被賄賂，再多的諂媚也不能影響他的判斷；他不以獎賞

菩提伽耶大覺寺內釋迦牟尼佛像

或懲罰的形式來展現他的悲心；他也永遠不會灰飛煙滅。雖然嚴格地說，在世俗意義上，他並非「不死的」，但他也並非從此就不存在了。成就佛果和滅入無餘涅槃是指超越時間、空間以及所有的一切，包括超越「佛陀」這個概念。我們所凝視的象徵性金身佛陀——具足三十二相和八十隨好、赤足托缽、教導弟子等——是一個相對的化現。一旦世尊佛陀滅入無餘涅槃，他就超越了性別、時間、空間等一切的概念，而成為「究竟的佛陀」。

當你造訪這四個聖地的每一處時，要試着憶念起佛陀這四句宣說。

藍毘尼（Lumbini）

很多聖地都位於未開發地區，所以你要有心理準備，這些地方的生活條件不能與法國阿爾卑斯山奢華假期所提供的相比擬。當你抵達位於現今尼泊爾的藍毘尼，要記得這裏既是悉達多誕生之地，也是他發現自己被生、老、病、死這些極為痛苦的現實所圍困之處。從某方面說，對佛教朝聖者最重要的，並非他肉體的誕生，而是在藍毘尼此處，真誠的出離心在悉達多的心中生起。他因此將舊有的生活完全拋棄，丟下皇宮、全部的財富與整個家庭，包括他的妻子與幼兒，而令有些人認為他過於激烈或懦弱。然而，那些追尋真理的人，卻能欽佩他真正超凡的勇氣；而那種勇氣、那種無畏與那種膽識，正是在藍毘尼此處誕生的。

如果你是由於靈性渴望的激發，而千里迢迢來到尼泊爾的話，那麼光是對着聖地的遺跡和佛像拍幾張照片，或展示一點考古學的嗜好，大概得不到滿足。反而，你應當好好利用這個機會來減少你的染污，增加你的福德與智慧的累積。

藍毘尼——釋迦牟尼童年像

在藍毘尼此地，並沒有一個特定、只能在這裏做的修持；然而做為佛陀的追隨者，最好的方式是盡可能地仿效他。你可以祈願學習如佛陀一般去欣賞老、病、死，並喚起勇氣，為了超越生死而義無反顧。對輪迴生命產生深切的出離心，是邁向精神道路的關鍵；因此，你應該培養一個衷心的祈願，願出離心在你的心中滋長，因而你不會永遠黏附於這個輪迴的世界。佛陀最後一次轉世為凡人，就是身為悉達多太子；你也可以發願，讓此生成為你的最後一世，因而你不必像瓶中的蜜蜂一般，忍受永無止盡的輪迴流轉。同時，隨時都要記住，無論我們外表如何平凡，如我們一般的每個人，都具有佛性。

藍毘尼——摩耶夫人廟

菩提伽耶（Bodhgaya）

菩提伽耶比起貧民區好不到哪裏，大多數的訪客對當地的灰塵、泥巴、乞丐和貧窮都會感到震驚——雖然（很不幸的），這種情況正在慢慢改善之中。然而許多人都經驗到，離開了這片混亂與瘋狂，一旦進入大覺寺（Mahabodhi Temple）[4]的內圍時，這座寺廟所散發出來的強烈氣氛，會讓人彷彿掉入一種恍惚的狀態之中。在這裏，你會來到金剛座（vajra asana）之前；也就在此處，追尋真理多年，並在尼連禪河（Niranjana River）[5]畔苦行六年的悉達多，終於在這株菩提樹下發現中道，證得正覺。

悉達多真正坐在其下的那株樹，早在數世紀前就毀壞了；但是它的一顆種子被帶到了斯里蘭卡，繁衍成另一株樹之後，其果實得以重返印度，在原本那棵樹所在的位置再生（關於這顆種子的源由，有許多奇妙的故事）。對佛教徒來說，這株菩提樹很重要，因為它是證悟的象徵。儘管這附近地區有許多樹林、洞穴和廟宇，悉達多選擇了坐在這株菩提樹的樹蔭下，而且也就在此處，他粉碎了他最後的染污，證得正覺，成了三界⑥的解脫者。據信，賢劫千佛也都將在此同一地點證得正覺。所有這一切都意味着對菩提樹表達敬意，是完全不同於巫師（薩滿，shaman）對樹神的崇拜，而是對其枝幹下所發生過的殊勝事件，表達認同。

菩提伽耶的殊勝，還不僅只於一切諸佛都將在此處證得正覺。根據佛教密續的說法，這個世間的每個地方，以及我們身體外的一切現

④或稱「摩訶菩提寺」。
⑤現今稱為「帕古河」或「法古河」的古名。
⑥三界：欲界、色界、無色界。

菩提伽耶——大覺寺內佛像

象，都在我們身體內有相互對應的存在。上等的修行者和瑜伽士能夠在他們的修行中，在自己的身體內參訪位於各個脈、輪的聖地，並藉由這種方式在證悟之道上進展。我們這些修行沒有這麼高深的人，至少可以造訪這些內在聖地的外在投射，而一般認為其中心點就是位於菩提伽耶。

可惜的是，居住在現今稱為印度這個地方的古老人類，他們非常推崇記憶式的學習，而似乎不鼓勵任何形式的書寫記錄。因此，今天我們並不確定大覺寺大殿中央主尊佛像的歷史。關於是誰做了雕像、是誰將其供養給寺廟，流傳着種種不同版本的故事。

其中一個故事是這麼說的：有一位老婦人，她在年幼時曾見過釋迦牟尼佛。她的兒子是個非常成功的商人。有一次兒子問她，下次出差時可以幫她帶甚麼東西回來，令她開心；「與世尊佛陀一模一樣的一座雕像」，她立即回答：「我想念他。」於是兒子聘請了印度最有名的藝術家毘溼瓦．卡瑪（Vishwa Karma）打造一尊佛陀的像。這項委託讓毘溼瓦．卡瑪得到極大的啟發，結果他竟然一連創作了三尊佛像。兒子從中選擇了目前在大覺寺的這一尊。據說，當老婦人第一次看到這尊佛像的時候，驚歎道：「除了沒有光環，以及不會說話之外，這尊雕像和世尊佛陀毫無差別！」

另外二尊佛像之一，是以佛陀十二歲時的形象所作的雕像，這尊佛像獻給了中國皇帝唐太宗作為禮物。唐太宗後來把這尊佛像作為宗女文成公主下嫁藏王的嫁妝。這就是貢布阿班與之對話的覺沃仁波切佛像，現今供在拉薩大昭寺。

除此之外，大覺寺還收藏了數尊非常殊勝而美麗的雕像，像是文殊像與觀音像。據說歷代偉大的修行者，都曾與他們有過深奧的對話。

好好地利用你在此聖地的時間。在菩提樹下禪坐；無論你的修持時間多短，它都會幫助你在心中建立起淨化染污及累積智慧與福德的習慣。一而再、再而三地憶念佛、法、僧，並且藉由唸誦祈請文、禮讚文與佛經，以及供養任何你能負擔的供品，來強化他們在你心中的現前。對初學者來說，發願是最重要的；因此，與其許願世俗的健康與成功，不如一心祈願你終將與悉達多一樣，坐在菩提樹下完全相同的位置，達到和他完全相同的成果。同時，要記住重要的一點，那就是：不管我們的念頭與煩惱多麼氾濫、多麼狂野，所有這些染污都是可以去除的。

靈鷲山和那爛陀大學（Nalanda University）的位置離菩提伽耶不遠，如果行程許可，你應該試着去參訪。對大乘修行者而言，靈鷲山尤其重要，因為我們現在所知道的般若波羅蜜多（圓滿究竟的智慧）這個革命性的科學，就是佛陀在此地教授的。這個教法不僅撫平了無數眾生的焦慮，實際上也讓許多眾生證得解脫。

可惜的是，那爛陀大學只剩下殘留的遺址而已。它曾是公曆紀元（Common Era）最早、最卓越的教育中心之一，也是大乘弟子極為重要的朝聖之地。今天，在韓國、日本、中國和西藏仍然在學習與修持的佛陀教法，大多源自於這所大學的師生們在粗糙紙片上書寫的筆記。如同英國劍橋大學或美國哥倫比亞大學，他們可以誇耀擁有從科學家到作家、從總統到鉅賈眾多的知名校友，那爛陀也培育出數量驚人、非比尋常的靈性天才，例如那洛巴、龍樹和寂天⑦等人，他們對世上數以百萬人的安樂所帶來的貢獻，是無與倫比的。

⑦寂天，是一位偉大的印度上師、學者與菩薩，以《入菩薩行論》（Bod-hicharyavatara）這部大乘之道的經典指南著作聞名於世。

那爛陀大學遺址

瓦拉納西（Varanasi）

瓦拉納西現今稱為貝拿勒斯（Benares），曾是著名的大都會；即使在今日，仍然是個非常重要的學術重鎮。鹿野苑（Sarnath），又名鹿園（Deer Park），距離瓦拉納西不遠，是很重要的朝聖地點，因為佛陀在此處首次開示了他在菩提樹下所發現的一切。

佛陀在瓦拉納西開示的是：我們並不知道痛苦到底真正是甚麼。任何我們認為會讓自己快樂的事物，若不是在痛苦邊緣搖晃，就是瞬即痛苦的因。要認知世間明顯的痛苦，相對上比較容易；但是要能感知在輪迴中某些人所擁有的所謂「美好時光」其實就是痛苦、或將會導致痛苦，卻相當困難。佛陀的看法與一般人的信念相反；他指出痛苦並非從外在的來源降臨到我們身上，而是我們自身情緒反應的產物。他清楚地說明，不論我們受了多少痛苦，不論我們感覺那個痛苦及其原因有多麼真實，它其實是一種幻相，並非真實存在。佛陀告訴我們，這個真諦是我們自己可以完全領悟的，不僅如此，他還為我們指出了一條可以遵循的道路。

根據大乘佛教，除了四聖諦之外，佛陀還在鹿野苑教導了無數其他的教法。所以當你到了鹿野苑，要記住是在此地，佛陀第一次對如你我這般人開示了我們可以依循之道。因此你在鹿野苑時，藉由憶念佛陀的話語——例如苦諦（苦的真諦）——你就能與這個教法以及教法的地點結緣。

在聖地，做禮敬三寶的修持是很適合的，而在鹿野苑，禮敬法的

鹿野苑——達美克塔

修持更具力量。要禮敬法，你只需要憶念起它們即可。當然，由於佛法廣大無邊，你不可能一下子就想起佛陀所有的教法，所以你只要憶起其中一個教法，例如：「一切和合現象皆無常（諸行無常）」，然後花點時間省思它的意義即可。就像是在小港灣或沿着海岸游泳，也可以算是在海裏游泳一樣；沉思佛陀給予的一個教法，也算是憶念佛陀的教法。如果你願意，也可以唸誦佛經、論述或諸佛與菩薩的生平傳記，這些必然都包含了佛法。基本上，我們要記住並感恩：一條能夠超脫輪迴、去除我們所有染污的道路，確實存在。

拘尸那羅（Kushinagar）

拘尸那羅是佛陀滅入究竟涅槃之處，據說也是他圓寂與荼毘（火化）之處。滅入究竟涅槃，在佛陀所有教法中對我們內心衝擊最大，因為它超越了我們對生、老、病、死、時間、增減、輪迴、涅槃的所有概念。我們這些尚未覺醒於真實本性的人，仍然受制於時間、空間、數量、速度等，不像那些已滅入究竟涅槃者，不會受限於任何二元現象。

我們追隨靈性道路的最終目的，是要體驗完全離於無明的覺醒狀態，永遠不再落回輪迴的心態框架。遺憾的是，這個狀態卻非常難以言語表達，也不可能經由智識來領會其全貌。然而，我們可以將佛陀指導步向覺醒的教法付諸實修，進而體驗自心完全超越二元對立的覺醒狀態；即使無法向別人表達這種體驗，我們也能對此培養出信心。這就像試圖對從未曾吃過鹽的人解釋鹽的滋味一般，你只能舉出他可能熟悉的其他食物，說：「有一點像那樣」。當你終於證得這個狀態的單純性，你會對那些還沉睡在世俗的夢魘中而受苦的人，在心中生起巨大的悲心。

雖然目前我們無法完全達到覺醒狀態，但對於認真的修行者來說，若能一瞥覺醒狀態，不僅令人振奮，而且有助於增長我們在法道上的信心。有些超出凡俗生活的覺受經驗，會格外地激勵我們，尤其是在修行之道既漫長、未知又充滿疑惑與挫折時。瞥見實相的真實本性，會在我們的輪迴心續中，強力地造成永久的凹陷，或者至少可以作為主戲前的開胃菜。一旦造成了第一個凹陷，我們就能對輪迴生命

拘尸那羅

的網絡施加更嚴重的破壞；而不論凹陷與裂縫多麼微小，這正是精進修行者所企求的結果。

想像你在冰川下的一個美麗湖濱野餐。你開心地潛入湖裏，使出全力地游向湖心。突然間，你驚覺到水有多冰涼，你的四肢多麼寒冷。於是你停止游泳，想要辨別方位，卻根本看不到岸邊。你的兩腿開始抽筋，雙臂變得又凍又僵。每秒鐘長得像一小時；你想到：要不是凍死、就是會淹死。

正當你準備接受死亡是無可避免了，忽然有個當地的漁夫划船經過，把你拉出水面，送回陸地。一條溫暖的毛巾和一碗滾熱的湯在那兒等着你。在你慢慢復原的時刻，你所幾乎失去的一切——你的家人、你的房子、你的男友——在此刻對你比任何其他時刻都更具意義。然後你清醒地意識到，不管你擁有多少，死亡可以在任何時刻打擊你，而且它不受賄賂。然而可悲的是，這個震撼很快就會減弱，不久你就發現自己再度被物質世界所承諾的快樂誘惑了。

所有佛教修行的目的，都是為了能一瞥覺醒的狀態。前往朝聖，沉浸在聖地神聖的氛圍中，並且和其他朝聖者相處，都只是試圖達到這一瞥的不同方式。在拘尸那羅，你做的各種修持可以和在其他聖地所做的相同；也許在此地最重要的是沉思佛陀關於無常的宣說。如果你知道方法，也可以觀修離於二邊（extremelessness）或觀修空性。

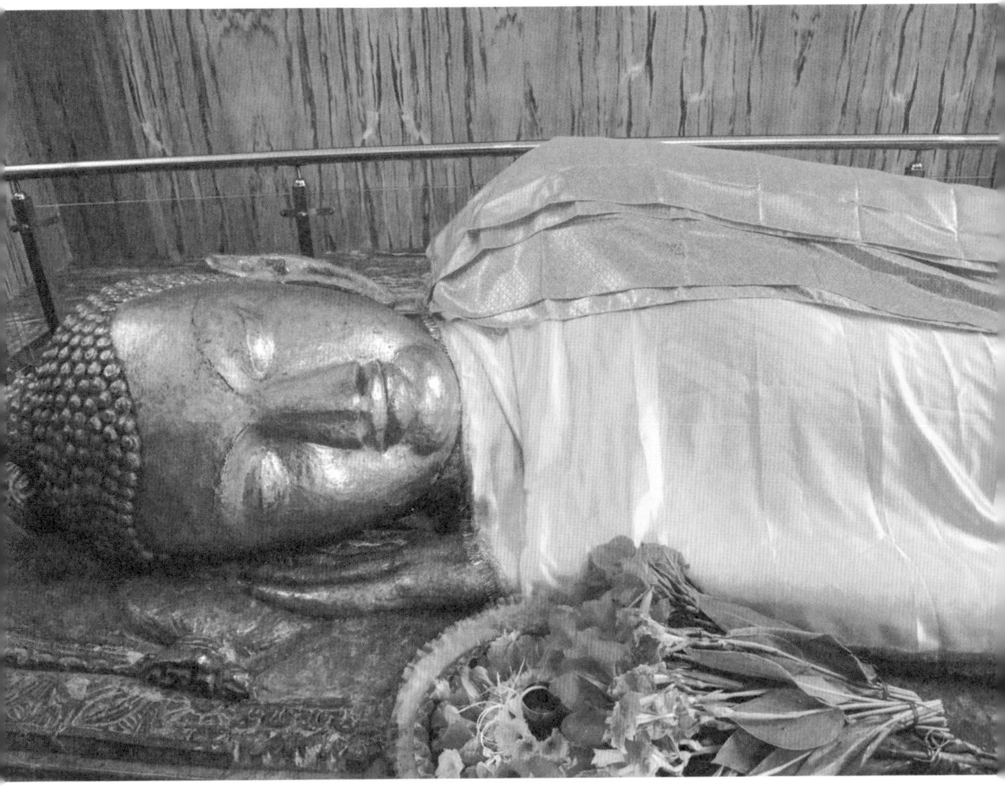

拘尸那羅

到印度朝聖

獨自去印度旅行，本身就是一種朝聖的體驗。藏人稱印度為「聖者之地」，而我敢說，印度曾是、也一直會是全世界最具靈性傾向的國家。表面上，印度似乎混亂無序，而且從現代人的觀點，它顯得不合邏輯。印度一直深受罷工、無效率之苦，還有其他各種令已開發世界嘲笑的「第三世界國家」症狀。對已開發國家而言，無效率是懶惰、愚笨、缺乏常識，更是缺乏競爭精神的結果。然而，從比較心靈層面的觀點來說，黃塵滾滾、相信牛隻應該自由漫步的文化、在印度最時髦的餐廳裏被餵得很肥的老鼠，所有這些並不一定是現代企業人士所認為的「無效率」產物。

所有的靈性道路，特別是那些源自東方的，都重視來世甚於今生；認為今生比較重要的這種信念，從來就不曾是靈性修行者的要項。任何一種哲學、靈性道路或宗教，假使不能增長靈性追尋者的智慧，幫助他們了解非二元與幻相，至少也應該將我們視一切所見、所觸、狀似堅實者都是真實存在而且合乎邏輯的這種習性，加以某種程度的破壞。它也應該一併反駁下列這些觀點：所有的活動都與損益息息相關；金錢就是神；擁有充足的銀行存款與大量的資產就是生命最重要的一切——而這些卻是現在許多亞洲國家的人們教導子女的內容。

雖然從經濟與科技的觀點，印度被視為成長最快速的國家之一，但我們永遠不該忘記，她也孕育出一些世界上最偉大的非二元論專家，而且這種歷史靈性影響的蹤跡，仍然清晰可見。印度最傑出的兒女們，發現並開展了卓越的道德、靈修、宗教儀式體系；她也是諸如

「空性」、「緣起」等這類思想的誕生之地；數千年來，她也一直珍惜一切現象皆如幻相的思想。從靈性的觀點，就連悉達多太子生來要統治的國度，也是幻相。了悟這個真諦，一如當時許多其他的王子，悉達多離開了王宮，拋下了所有的人倫關係，把自己從出生以來就熟悉的舒適地帶中完全拔離，為了就是要追尋真理。

對那些習慣了道路應該乾乾淨淨、只供汽車專用的人，可能不能忍受牛隻漫遊在印度高速公路中央的景象。但對多數的印度人來說，牛是神的象徵、牛讓他們想起神，甚至對某些人而言，牛其實就是神。上百萬的印度人沒有足夠的食物吃，但是牛隻可以任意遛達，甚至晃進商店去吹冷氣或打個盹，牠們有充分的自信不會被殺了吃掉，也不會被驅趕出門；在大馬路上閒逛時，遇見牠們的任何車輛都理所當然地繞行而過。天空總是充斥着飛鳥，不管印度貧民多麼飢餓，似

乎沒有任何人會想要射下牠們烤來吃。這就是印度一再使我感到驚奇的地方。我相信，這是印度仍然保有她傳統的文化寬容心，並且致力於依循靈性價值來生活的一個徵相；雖然她大概是碩果僅存的這種國家之一了，其他大多數的國家，老早就放棄了這種掙扎。

在印度有些地區，要想找到不是素食的餐廳，機會非常小。這不是因為印度人對健康過度狂熱，或是因為蔬菜比肉類便宜，而是因為他們傳續了「非暴力」（ahimsa）的修持，所以不殺害動物。事實上，有許多國家接受了吃素食、不殺生的修持，其背後的教法和概念都是從印度引進的。

悉達多太子在成佛以前，拋棄了他的王國，投入多年的苦行。大多數的現代人聽到這個故事，都非常欽佩；但人們不了解的是，他其實並不孤單。許多過往的印度聖者——他們不只是佛教徒，也有耆那教或遵循其他法道的人——這些皇族太子，就在鄰國皇宮裏具有相似身分的人正忙於殺戮自己族人以攫取權力之時，他們卻實際上相互競爭，看誰最先拋棄自己的王宮。有一個故事提到，一位印度王子正在全神貫注討論有關佛教、印度教、耆那教這三大法道的哲學時，他的將軍進來傳告，鄰近的軍閥發起了緊急的攻擊。他卻說：「等一下，讓我先討論完再說。」結果，他失去了他的王國。從世俗的觀點來看，當然，這個王子像個白癡；但從靈性的觀點來看，他卻是最強大的國王。

究竟上而言，靈性與世俗的價值觀是完全抵觸的，這是我們不得不接受的。在物質世界裏，「富有」指的是你擁有很多的財產、經營各種生意並且很有錢；而靈性世界把「富有」定義為全然知足，並且指出當我們不再以所有自己匱乏之物的想像來折磨自心時，我們就很富有。

薩杜（Sadhus）是印度教走方的苦行僧，這些尊貴的人居無定所，口袋裏的錢很少超過一百盧比，在印度幾乎隨處可見。他們通常又黑又瘦，不只是普通的骯髒，可是他們不見得是無知之輩，或沒有受過教育的人。舉例來說，你很可能遇見一個薩杜，他從哈佛法學院畢業，為家人賺了一大筆錢之後，回到印度來追求靈性生活。當然，也有裝扮成薩杜的騙子；雖然如此，印度人一直都很尊敬那些貌如靈性追尋者的人，不管他們是真是假。印度人會善待並供養這些人，特別是在聖地。

對朝聖者而言，印度的混亂是個極大的加持，因為它真正強迫你睜開雙眼去看。想像一下，如果前往朝聖像是開車在三藩市和洛杉磯之間的高速公路，或像慕尼黑和法蘭克福之間的無速限高速公路的話，那種舒適卻單調的旅程就完全不會有相同的效果。如果所有的聖地都變成一塵不染、配備空調，還有玻璃外罩不准觸碰的展示品、聚光燈以及穿制服的警衛，如同紐約大都會博物館一般的話，你會感覺如何？如果我們見不到僧人在修行、乞丐與小販糾纏過路人、蒼蠅每天在戶外焚屍場吸食屍體、聖牛和猴子擋在馬路上，那又會如何？在一個所有的東西都一樣的世界裏，那些地方就不會有自己的特色，這種損失是不可計量的。

無論我們到哪裏去，當地的氛圍、特色與獨特的能量，都是由我們所遇見的人所創造的。一個咖啡店是「酷」或「土」，取決於甚麼樣的人在那裏出入。為三百個六十歲老人和兩個十幾歲青少年所辦的狂歡舞會，不太可能有太多的狂歡。顯然地，對我們這種心續與顯相都不太柔軟的人來說，聖地之所以對我們有強大的力量，是來自於集體的虔誠心和崇敬心，而不是滿鋪的地毯。

兩千五百年來，佛陀的教法遍及整個亞洲，佛教修持也已融入了它所接觸的各種文化之中。以造佛像或立佛塔來代表佛，並且以聖物裝藏作為加持，是來自印度的傳統，也在各地都被信奉接納。根據密乘，立完佛塔之後，有特別的儀式來正式灑淨開光。然而，密乘也相信，最強有力的灑淨開光，是對佛陀教法真誠的虔敬心。因此，當你在聖地時，想像你所供養的虔誠心，確實淨化了這整個地區，讓它變得更神聖、更能利益將來前來此地的有情眾生。佛陀親口說：「任何人憶念我，我就在他面前。」想像一下，如果菩提伽耶變成與迪士尼樂園一樣，除了收門票之外，還有各種虛偽亮麗、對消費者狀似友善的剝削，就像被專業團隊所經營的名勝古蹟——那會如何？它對參訪者所產生的影響，將會截然不同。

有時我會懷疑，在京都的那些雄偉美麗的寺廟，是否能轉化成散發真正靈性感覺的場所。日本禪寺那麼完美、那麼井然有序；精緻的光影、細膩優雅的聖物擺設；一切搭配都完美無瑕，這種景象你在印度絕對看不到。光是插一朵花，美學上就無與倫比；置鞋處和方向指標，隱約卻明白無誤。一切都令人感覺非常美好，就像是參觀一個維持得很美的博物館，而不是一個心靈場所。我發現自己總是被這無瑕之美所吸引，而不是被加持所感動。

在中國，一直到最近，各種靈性生活都在快速衰退；事實上，在上個世紀，中國人幾乎已與靈性價值失去關連。然而在過去幾年裏，對佛教的興趣再度出現，先前被棄置的寺廟，也在迅速重生當中，成為成千上萬中國信眾的心靈歸屬。我真心地期望，藉由他們的虔敬心與願力，能讓這些重新復甦的聖地變得更神聖，那麼參訪中國聖地就會變得很有意義。否則，像上海附近的普陀山，或甚至某種程度的山西五台山等地，將只會淪為觀光客的陷阱，閃爍亮麗的夜店與五星級酒店，將遠遠蓋過寺廟。

印度，她只是單純地做她自己，卻能張開我們的眼界，拆解我們的慣性思維；所以你應該把握每個機會，儘量去看每件東西。不要迴避你不熟悉的事物，例如說書的、清耳朵的、按摩的、擦鞋的或路邊賣書的——他會有讓你驚喜的冷門書，你在紐約或悉尼都絕對找不到。印度的街頭展現了人類經驗的全貌，從香料市場的鮮豔色彩和特殊氣味、壯麗的大理石古老建築和勞動的大象，一直到就地死亡的屍體、

毘舍離——阿育王石柱

長癬的癩皮狗和令人心痛的貧窮。生與死同時逼現在你眼前；每一個經驗都是獨一無二，並且生動鮮活，沒有事先置入的麻醉劑來鈍化極度的快樂和痛苦；而且它絕對不無聊。

很少有人膽敢這麼做，不過有時候我希望，做父母的能在孩子們十幾歲時，帶他們到印度聖地去，讓他們在生命中，有這麼一次必須直接面對赤裸而純粹的生命真相。現代世界的孩子們，大多被過度保護與寵愛，封閉於自我放縱的蠶繭當中，以致於他們對外在世界的生活所知甚少。就連那些沒被寵壞的孩子，通常也花許多時間擔憂自己太胖或太瘦、球鞋夠不夠酷或髮型該如何較好。這和上百萬流落街頭的印度孩童形成強烈的對比，他們完全沒有空閒的時間；他們唯一的優先考慮是如何生存；能有一雙比自己的腳大四號的破鞋，對他們就已經是極端奢侈了。對這些孩子，死亡的陰影與他們長相左右；而對現代大部分時髦的孩子而言，讓他們最貼近而稍微想到死亡的，是在看電影或打電動玩具的時候。

剛剛開始步入靈性道路的人，有時需要的一些靈感泉源，不見得在聽聞教法或研讀書本中找得到；參訪印度聖地正可以提供許多機會來獲得這種靈感。例如印度的薩杜，他們在赤裸的身上塗滿灰泥，終其一生從事靈性的修持；西藏的喇嘛，他們每天在塵土飛揚中，做成千上萬遍的大禮拜；上座部的比丘在行禪時所散發出的寂靜平和；日本僧侶安住甚深三摩地的靜謐安詳；成千上萬酥油供燈的美感；瀰漫在空氣中的靈性音樂；以及如佛陀一般，寂靜地坐在菩提樹下的機會。

在聖地很容易遇見遠自拉薩、橫跨印度，一步一步行大禮拜而來的修行者。這些人與其他朝聖者的修持，令菩提伽耶、拉薩與雪達根（Shwedagon）等地，瀰漫了特殊的氣氛與能量；就算是最僵硬的心，也會受到啟發。

在大部分現代的國家裏，僧侶或其他獻身於靈性修持的人，對世界沒有做出任何物質貢獻，會被認為是社會的累贅。在路上看到這些人，大家會立即避開，就像碰到大蜘蛛或聞到惡臭一般。諷刺的是，薩杜或僧侶對這個世界不會造成任何傷害，與他們形成強烈對比的，反而是那些頂尖的企管碩士，他們有害的生活方式，包括搭乘私人飛機旅行等，造成環境的大破壞；還以「幫助他人」為藉口，催化耗盡天然資源的世界經濟，製造出一大堆我們不需要的東西與鈍化心智的無聊工作。

幾百年來，來自西藏與中國各地勇猛的佛法修行者，他們投入多年的歲月，踏上漫長而危險的旅程前往印度，為了就是參訪諸佛與菩薩曾經待過的地方。許多朝聖者歷經長達數月的跋涉，終於抵達菩提伽耶或藍毘尼時，意外地經歷到非凡的覺悟、淨境（vision）或夢境。這些朝聖者的經歷有許多不可思議的故事：有的是石頭雕像對他們說話；有的是當他們見到神聖的雕像，或正要進入寺廟時一股輕風撫過他們的臉頰，霎時間一切懷疑煙消雲散。還有的故事說到一些修行者，他們只是凝視着佛陀在菩提樹下所坐的位置，就完全被它震撼：就在這麼一塊普通的扁平石頭上——不是昂貴的意大利沙發或玉石寶座——悉達多竟能終結流轉、耗盡輪迴，了卻一再投生的無盡痛苦，而成為究竟的勝者。還不只如此，在這同一個地點，未來佛彌勒也將成就同樣的佛果。

重要的是要記住，參訪佛教聖地不會一次解決我們所有的問題，也不會令我們立即獲得證悟。同時，我們人類都需要依賴自己所處的外緣與狀況；就如同佛陀所說：「一切現象依外緣，外緣依於動機。」外緣和動機二者，是推動輪迴生命的中樞引擎。當我們得以從這兩者之中解脫時，我們就能脫離生死的循環，而享有所謂「涅槃」的自由。外緣對我們在各個層面都產生很大的影響，例如，我們如何選擇穿着、受教育，生活在某種政治體系下、吃的食物、交的朋友、造訪的地方等。因此，我們朝聖時所探訪的聖地，將會是另外一個對我們影響很大的外緣，而且是正面的。

朝聖的正確動機是甚麼？最理想的，是要培養智慧、慈愛、悲心、虔敬心和真誠的出離心。所以在你出發前，應該許個願，願你的朝聖之旅，不管以甚麼方式，都能不斷地讓你憶起佛陀一切尊勝的證悟功德，並能因此讓你積聚福德、淨除染污。

一開始，發展良好的動機這件事聽起來似乎很簡單，主要是因為我們還是以習慣的假設來理解。畢竟，這有甚麼難懂的呢？動機不過就是個想法，它連行動都不是，所以有甚麼大不了的？然而，一旦你開始修持自心，就會發現你的態度會轉變。我們大多數人會驚訝地發現，建立正確的動機其實相當困難，而且在一開始的時候，我們確定會掙扎。

不過，當你更善巧之後，你從着手計畫旅程開始，就能發展出正確的動機。從購買止瀉藥到打包行李，你會愈來愈興奮，因為你所做的一切，都是這個過程的一部分，它將帶你前往佛陀曾經住世與教法之處。你將會看到、聞到、觸摸到諸多偉大覺悟者曾經居住或傳法的土地。這年頭，人們為了尋求愛情到夏威夷度假、為了購物到香港，為了文化而到羅馬和倫敦；而你到印度，是因為受到偉大勇猛的靈性探險者的啟發，那是他們的家鄉。這些靈性探險者不只是佛陀的追隨者而已，還包括了許多其他偉大宗教的聖者和導師們。

當然，對我們多數人來說，佛陀是啟發我們的導師。雖然我們也許被他金身和頂髻的描述所吸引，但這些細節與我們對他的信心無關。真正激起我們虔敬心的，是他的教法以及所有的既理性又合乎邏輯的方法，讓我們自己去發掘實相。身為佛教徒，我們的目標不只是遵循佛陀的教導或成為他的僕役而已，我們終極的目標是要與他完全一樣——成為證悟者。因此理想上，我們一切的所作所為，包括朝聖在內，其背後唯一的動機和驅策力，應該就是證悟成佛的大願。

為了發掘實相的靈性修持，其最重要的骨幹就是正念（mindfulness），然而產生正念之因卻很稀有。追隨佛陀的人，會盡一切可能去喚起正念、保持正念並強化正念，並且利用所有各種可能取得的配備與標籤，來幫助我們憶起正念，例如：參訪寺廟、在客廳懸掛佛像、念誦經文咒語、聞思修佛的話語等。任何提醒我們修持正念的方法，都是受歡迎的，而我們參訪聖地的目的，就是為了善加利用遍佈在這些地點裏各種目不暇給、提醒正念的指示牌。

第二部·修持

積聚與淨化

在朝聖的過程中，有許多方法可以增進我們對於佛法修持的理解。但是，為了簡化起見，我們就把它分為兩方面，也就是：積聚智慧與福德的方法，以及淨化染污的方法。

不論是誰，我們大部分的人幾乎都直覺地從事這兩件事：我們喜歡丟掉垃圾，我們也喜歡收集好東西，而且這兩種活動都讓我們感覺似乎成就了某些事情。舉例來說，清理數個月未曾整理的臥室，在牆上掛一張新的照片，或在花瓶裏放一束鮮花；這些事都能讓你感覺美好，讓你的情緒完全轉化。而在靈性道路上，這種普遍的習氣可以作為很有用的模式；因為所有的修持不是被用來做為淨化（丟掉垃圾），就是用來做為積聚（收集好東西）。然而，淨化與積聚並非兩件不同的事，它們是同時發生的；就如同打掃房子時，你不只清除了髒亂，你也同時讓它變得更漂亮。

人們隨時隨刻都經驗着情緒的轉變；這一分鐘你在「收集」的情緒上，下一分鐘你卻只想要「清除」，偶而你又兩者都要。在靈性修行上也是如此；有時你會想要強調淨化，有時你會想要積聚福德，偶爾，你又會想要兩者同時進行。在朝聖時，你應該兩者兼顧，而且盡可能隨時隨處、以各種方式去做。還有一種傳統，是為自己所愛的人或與自己很有緣的人——不論是善緣或惡緣——去朝聖，這在古老的佛教社會裏很普遍。特別是為了已經往生的人；因為把你旅途跋涉的艱辛，以及時間、能力、財產、金錢上的犧牲迴向給他們的話，就能清淨他們的惡業。

智慧，很簡單地說，就是沒有偏見的感知①（perception）。它是對於實相的真實本性具有清明、絕對、完整景象的心。具足智慧的人，不會被他們的覺受所欺瞞，不論在他們身上發生甚麼，都不會對究竟實相有任何扭曲、改變或轉換。我們藉由聽聞真正的心靈教法、思維這些教法並且修持禪定來開展智慧。而開展智慧是絕對重要的，因為如果不這麼做，我們就無法自迷惑中解脫。

福德展現在我們的能力當中。有能力創造善業，就能產生必要的外緣，讓我們如實地看到這個世界以及其中的一切。若是缺乏福德，這種外緣就不可能產生；而具足福德，任何聞、思、修，都會導向我們發展出必要的外緣或能力，從而生起智慧。因此，智慧與福德相輔相成；福德生出智慧，而智慧也生出福德。終究而言，福德是我們掌控一己生命的能力；具足福德，使我們不僅能夠了解實相，還能實踐之。

奇怪的是，雖然積聚福德非常簡單——特別對大乘修行者而言——我們卻鮮少從事這類的活動。僅只以一片花瓣供養佛，就能積聚福德；若將該福德迴向給一切眾生的究竟快樂，它更會加乘數十億倍之多。如果此時我們再應用空性的智慧，思維這花瓣（供品）、佛（所供養的對象）、我們自己（作供養的人）三者都只不過是幻相的話，我們不只積聚大量的福德，同時也積聚巨大的智慧。這是利用一片花瓣，就能引導我們增長智慧的方法。

① 或「沒有偏見的顯相」。本書為了文義較為白話起見，於正文中將perception譯為「感知」。

根本上，積聚福德與智慧就像鳥之雙翼，兩者都絕對必要。

任何你選擇積聚福德的方法，不論是供養一朵花，或是以金子鋪滿整座寺廟，有一件事是確定的：那就是切勿以短視、自私、世俗的原因來行善。如果這麼做，你就完全違背了靈性之道的基本目標。因此，當你在聖地作供養或修持佛法時，即使你的動機有點世俗，至少也應當試憶念你修行的目標，是要去除我執、自私與驕慢的。

然而，**染污**總是造成我們的障礙。這是我們必須去除的，因為它們是既深植、又倔強的習氣，總是把我們帶到期待、恐懼與痛苦的折磨之中。

如果我們仔細檢視：甚麼是我們真正期望與欲求的？甚麼是我們

不停掙扎的目的？甚麼是我們傾注一切努力想要達到的？我們大多數的人會發現，比起其他的一切，我們真正渴望的，是完全的自主性與全然的獨立性。我們理想的世界，是一個不需要依賴任何人或任何事物、不會被控制、永遠不需要請求別人幫忙、而且沒有人對我們頤氣指使的地方。基本上，就是能夠自由自在地在任何時候、做任何我們想做的事；這就是我們幾乎不擇手段企圖達成的。

從世俗的角度來看，為了追求這種全然的獨立性，我們發展出無數的活動。在個人的層次，舉例說，為了讓家庭主婦從分派家事給清潔幫傭，又要確定她們好好做事的這個耗時又氣餒的任務中解脫出來，於是吸塵器被發明了。當個人聚合成團體時，想法類似的人會一起共事，因為他們相信如果個人主義的原則能普遍地被採用、或者如果人權得以張揚、或者民主制度能在全世界都建立起來、或者共產主義、或者我們都更致力於科技的發展，我們就能讓全人類達到獨立自主。我們也許不能對同一個方式達到共識，但全人類卻都朝向同一個目標，那就是：完全無依賴性的絕對自由。

佛教的終極目標也是自由，當然，佛教定義的「自由」，所涵蓋的遠遠超過人權、民主等等而已。從靈性的角度來說，只有我們從自己所有的執着、「主義」、見地解放出來時，才能經驗到自由。佛陀告訴我們，雖然我們都渴望自由遠勝於一切，我們卻完全不知如何增長實現自由的因子；反而，我們卻培養了那些確定會讓我們的解脫可能性愈來愈渺茫的因子。如同一條飢餓的魚，為了滿足對食物的渴求而冒險吞下漁夫的鉤；或被燭光完全迷惑的飛蛾，令自己撲火而亡；或被獵人甜美的笛聲所惑的麋鹿，因而掉入陷阱；為了嚐到短暫的喜悅，我們不計一切後果，持續不斷地掉入幾乎立即會變成恐怖故事的愛情故事；而我們最欲求的東西，最後都正好摧毀我們。

民主制度、人權等這類概念加諸於我們的限制，以及我們如壁紙般鋪貼在生活中的無數精巧道具，終究只會讓我們產生愈來愈多的依賴性。我們沒有任何一個人是自由的——這是非常明白的。我們活在專制的壓迫下：習氣與煩惱決定了我們每一個行動，而我們所處的環境更使它們強化。世界上所有的產品，從手機到蕾絲內衣，都是設計來強化與刺激我們的期待、恐懼與情緒的反應，同時也增強我們的依賴性。偶爾，我們某些人可能會瞥見自己所落入的奴役深淵，渴望能夠把這些習氣與煩惱的枷鎖卸除；我們努力面對真諦，設法去除禁錮我們的世俗幻相，但是由於缺乏福德，我們染污的巨流加上習氣的威力，又把我們拖回掉入放逸散亂的惡臭深淵當中。

如何在聖地積聚福德

佛教徒常會犯一個相同的錯誤：他們不做小事積聚福德，例如每日做淨水供養——因為他們覺得這微不足道、沒有價值。可是他們也不做大動作：例如捐一年的預算給佛教大學、每個月供十萬盞酥油燈、或興建一座寺廟等，因為他們沒有時間或資源。結果，他們甚麼也沒做。

對初學者而言，積聚福德是要花點力氣的。舉個例說，從加州來的一個朝聖者，可能想要把家中院子裏的花帶到印度聖地供養。在這裏，並不是因為加州的花比印度本地的花更能積聚福德；而是把花從加州帶到印度，一路上照顧的努力，以及為此過程所耗費的金錢，能積聚福德。同樣地，在聖地向一個小女孩買朵花，希望對她有所幫助，而把她的花拿來供佛，也會因為如此的供養而增加福德。或者你也可以如此發心：無論是誰賣給你花，願他們因而與三寶終能結緣。這類的發心是積聚福德很深奧的方法，因為你利用自己的福德作為橋樑，讓其他人與佛、法、僧結緣。

朝聖是一個積聚福德極為強大的方法，甚至你在作準備，如存錢、計畫假期時，都能積聚大量的福德。如果我們能在自己的發心上，更澆灑上菩提心的露珠，以最高的願心將我們有關朝聖之旅所做的事，不只為平息自己的迷惑與痛苦迴向，也為一切有情眾生的證悟而迴向，那麼所有看似世俗之事，從打包行李、購買機票到繞行佛塔等，都會成為大乘行者的圓滿事業。

很多人常懷疑，忖度行善能積聚多少福德是否是自私的。雖然在積聚福德時，能夠經常覺知自己是否自私是很重要的事，但是作為一個大乘行者與發願成為菩薩的人，如果能將你所創造的一切福德迴向給一切有情眾生的究竟快樂，你的行為就絕對不會是自私的。

修持

雖然佛教有許多由過往大師所撰寫的修持儀式、儀軌文、祈願文等，但是積聚福德與淨化染污並不需要依賴儀式。因此，如果你比較喜歡形式單純的修持，下面這些是你可以在聖地積聚大量福德的做法。

假設你剛剛到達藍毘尼，首先你該做的，是清除佛塔邊上的垃圾與雜物。你不須要把整個地方都消毒一遍，只要把一小塊地方清乾淨——環繞佛塔大約兩尺寬的一圈即可。而且，用自己的手巾或面紙清理就好，不必去找人要清潔工具。如果你有香水的話，稍微噴灑一些，然後開始做供養或做你的修持。

傳統的供品是：水、花、香、食物、燈，但你供的數量不需要很大。如果你只有一支蠟燭，那也就足夠了。而且你如何供養也無所謂，你可以將供品就放成一堆，也可以將它安排得很莊嚴。要記得的是，你花的努力愈大，你積聚的福德就愈多，如果只有兩支蠟燭與四片花瓣，你還是可以將它們安排得很好看。

把環境清掃乾淨，供品準備妥當之後，你可以靜坐觀修，或念誦你最喜愛的皈依文或祈請文。

結束後，清除你帶供品來所用的塑膠袋，而且不只是你自己帶來的；在聖地把別人帶來的垃圾清除，也是積聚福德的辦法之一。要記住，重要的不是要消毒聖地，而是要清除你自己的染污。

你會在聖地遇到許多其他的朝聖者做供養，特別是像菩提伽耶這種熱門的地方。有些人會以大量的供養來引人注目，這種做法可能會讓財力較差的朝聖者產生欽羨與忌妒之心。這種行為是沒有益處的，因為以奢侈的方式供養不僅無法積聚福德，事實上它是累積惡業的強大原因。因此，要永遠修持謙卑之心，切勿炫耀你的財富或你做的供養，也切勿以任何方式張揚自己來引人注目。

皈依的修持

佛法提供了珍貴而豐富的靈性修行，而其中最耀眼的就是皈依的修持。藉由皈依佛、法、僧，佛教修行的所有基本要件都因而齊備；依循皈依之道，也確定讓我們更進一步接近正見的開展。

皈依的關鍵要點，是要了解我們在修持時所專注的皈依對象，並非只是無生命的代表物而已，而是真正地成為佛、法、僧。

修持皈依所不可或缺的依止，是出離心、虔敬心、菩提心的慈悲這三種高貴的功德。所有這些功德都不容易生起、也不容易維繫，即使對非常老練的修行者也是如此。因此，這對我們初學者來說更具挑戰性，而且常會淪為模糊、抽象的概念而已。然而，歷代的修行者發現，要發展這些依止的最佳方式，就是向佛、法、僧誠摯而熱切的祈請，祈願我們不要引來任何障難，而阻礙了這些功德在我們心中開花結果。同時，這些偉大的修行者也忠告我們，要發展出真誠的出離心，我們必須思維輪迴的痛苦；要培養對他人的慈愛與大悲，則是要了解每一個人在過去的某個時候，都曾經是我們真正愛過的人。

「生起菩提心」在我們的修持中非常重要，因此我們應該盡己所能，隨時保持慈愛與大悲的態度。生起菩提心的一個方法，是思維在此輪迴生命中，某些眾生所承受的可怕的痛苦；例如一些年幼的女孩們，經常是未滿八歲就被人從家中綁架，在黑暗、窒息、擁塞的卡車中，被載到很遠的地方，賣給妓院。我們很難想像她們所經歷的痛苦與恐怖，或者她們父母親所受的苦，但我們應該盡力去想像。可能更重要的是，思維那些綁架者，由於他們的無明與愚癡而犯下這種嚴重的惡行。如此地一而再、再而三地想像這種情境，讓那個禁閉着我們凍結之心的堅冰城堡開始融化，直到最後完全消融為止。

當我們憶念三寶的功德時，事實上是在思維一切現象的實相與真諦。初學者可以從憶念世尊佛陀開始。單純地憶起他的諸多名號，就是很有力的修持。我們也可以憶起他的故事，以及他生平中一些決定性的重要事件，例如當他還是悉達多太子時，他剪斷了一頭美麗長髮的那一刻。如此憶念，我們終究也能了悟一切現象的實相與真諦。

憶念佛的最高修持，就是接受一切有情眾生——不只是人類而已——都具足佛教徒稱為「佛性」的本具之善；而如此憶念，與究竟的皈依修持是非常相近的。

相對地說，皈依可以是如下的各種可能：你可以想像佛陀安坐在藍毘尼繽紛花園裏的一株樹下；或者在心中覆誦佛陀的名號；或者覆誦與佛陀相關者的名號，例如他的母親摩耶夫人、姨母波闍波提②、父親淨飯王等；你也可以想像他們曾經走過的森林與樹叢，地上撒滿了由珠寶裝飾的象腿所採碎的蓮花花苞，當皇室成員走過時，大地一如毛毯般柔軟，空氣中瀰漫着彈不拉（tambura）琴弦所彈奏出來的音樂；或者想像佛陀細心地折疊他的僧袍，在清冽的水中洗滌他的木缽，在心中持續覆誦着他的名號。或者，如果你願意，也可以念誦釋迦牟尼佛咒：

tadyatha om mune mune mahamunaye svaha

他疊塔　嗡　牟尼　牟尼　嘛哈牟尼耶　梭哈

當你憶念法的時候，不要只限於念誦聖典；更重要的是要記住佛陀開示的真諦，例如：諸行無常；任何人終將死亡；無論我們此生積聚多少財富與資產，它終將潰散；一切建造必會崩塌；我們生命中所聚合的人或物，一定會離散。同樣地，記住一切現象的本性是空性；事物的顯現並非事物的實相；我們所見的世界，是我們自己感知的結果，它並不真實存在。

我們對僧的憶念，是當我們想到那些深信並積極追循智慧真諦之道，並且有意識地生起菩提心的慈愛與大悲的一群人。

②佛陀的姨母波闍波提，她在摩耶夫人往生後撫養悉達多長大，後來成為首位剃度的比丘尼。

皈依的修持與降服及獲得庇護有關。舉例來說，下雨的時候，如果你不想淋濕，就在雨傘下尋求庇護。相同的，如果你害怕痛苦，不想要承受執着於幻相之苦，只要尋求庇護（皈依）於真諦，就能讓你從一切的失望中解脫出來，而那種失望是因為皈依於錯誤的真諦所產生的。

皈依的效果或結果，是你會了解諸行無常（一切和合現象都是無常的）；了解一切現象都是幻相；了解你周遭的世界是你自己感知的產物；也了解不論智識上或實際上，每個人的感知都不同。如果你不接受這些真諦，你就會像建造沙堆城堡的孩童，當城堡崩塌，孩童必會哭泣。

傳統上，修行者一邊在心裏靜默地修持皈依，一邊在身體上做大禮拜。這是對治驕慢非常好的方法。做大禮拜是把全身伸直投向地上，或以四肢以及身上最尊貴的地方——額頭，一起碰觸地面。如此做，是象徵你將自己降服於佛、法、僧的庇護下，並且將你最珍愛的寶貝——你的身、語、意——供養給他們。

在聖地修持皈依，你應先做三個大禮拜，然後找個地方坐下，不要擋到別人行進的路線。試着想像一切諸佛與菩薩都在你面前，但是如果這太難（親見一切諸佛與菩薩實際在面前的是很稀有的），你也可以在心中之眼專注於他們的形貌，而且以全然的信心，知道他們並非無生命的塑像而已，而是活生生地在你面前。所有這些證悟者都滿盈智慧，他們可以看見輪迴中的一切。絕對沒有任何在過去、現在、未來他們所不知道的事物；特別對我們這種最無明、最染污的眾生，他們的悲心廣大、迅如雷電，而且他們的威力巨大，能夠把我們從這無盡輪迴的痛苦中連根拔起。

菩提伽耶——大覺寺內石欄

據信，佛具足了三十二相與八十隨好。這是以象徵性的方法，試圖將不同的哲學概念與我們這種心智有限的眾生溝通。然而事實上，佛的身、語、意、功德、事業是沒有邊際而且完全超越數字的。換句話說，在整個輪迴的存在中，沒有任何一個東西是「非佛」的；而對於那些積聚足夠福德的人，即使是見到一片秋葉飄落地上，都能激發出離心與虔敬心——在這種情況，你可以說那片落葉本身就是佛的化現。

然而，對我們大多數人而言，一提到「佛」這個字，在心中立刻就有了一個「人」的概念。尤其這些聖地都與悉達多太子有關，因此我們很自然地認為佛就是一個人。然而，如此想像的話，我們就是在量化佛；而究竟上，佛無法量化，也無法被時間、地點、性別所局限。這表示，如果你看到或聽到任何東西，它啟發了智慧與菩提心的慈悲在你心中生起，那麼你可以說那就是佛的示現。把這個想法放在心上，在比較實際的層次上它可以幫助你想像佛有金身、穿着傳統的僧袍、手持觸地印③：（bhumisparsha mudra）；他由全體聖眾所環繞，包括配戴莊嚴的菩薩眾、阿羅漢眾、比丘眾與在家眾等。你可以選擇任何你喜愛的形式，例如西藏唐卡風格的，或某種漢傳的繪相。如果你喜愛文化上比較正統的，也可以從印度的繪畫上去尋找靈感。

無論你希望佛以何形相出現作為你的皈依對境，想像他站立或盤坐在你面前，生動鮮活，然後對他行皈依。如果願意的話，你也可以繞行佛塔、寺廟或整個你所造訪的聖地，作為你對證悟功德有着無止盡胃口的象徵動作。

③ 或稱「降魔印」，釋迦牟尼佛在證悟時，以指觸地，以大地為證。

為了幫助你進入修持的情緒，你可以念誦《隨念三寶經》：

頂禮一切智智尊！

如是佛陀薄伽梵者，謂：如來、應供、正等覺、明行圓滿、善逝、世間解、無上士調御丈夫、天人師、佛、薄伽梵。諸如來者，是福等流，善根無盡。安忍莊嚴，福藏根本，妙好間飾，眾相花敷，行境相順，見無違逆。信解歡喜，慧無能勝，力無能屈。諸有情師，諸菩薩父，眾聖者王，往涅槃城者之商主。妙智無量，辯才難思，語言清淨，音聲和美；觀身無厭，身無與等。

不染諸欲，不染眾色，不染無色。解脫眾苦，善脫諸蘊，不成諸界，防護諸處。永斷諸結，脫離熱惱，解脫愛染，越眾瀑流。

妙智圓滿；住去、來、今諸佛世尊所有妙智；不住涅槃，

住真實際。

安住遍觀一切有情之地。是為如來正智殊勝功德。

正法者，謂：善說梵行。初善、中善、後善。義妙、文巧。

純一、圓滿、清淨、鮮白。

佛、薄伽梵，善說法律。正得，無病，時無間斷。

極善安立，見者不空，智者各別內證。

法律善顯。決定出離，趣大菩提。無有違逆，成就和順；

具足依止，斷流轉道。

聖僧者，謂：正行、應理行、質直行、和敬行。

所應合掌，所應禮敬。清淨功德，淨諸信施。所應惠施，

普應惠施。

在任何時候大聲念誦或默念經文，能積聚大量的福德，因此毫無疑問地，在聖地念誦經文會有很大的果報。

然後，再念誦能啟發你的任何皈依祈請文，例如：

乃至菩提藏，皈依諸佛陀，亦依正法寶，菩薩諸聖眾。

你自己也可以在聖地當場信手作一個祈請文，或許更為有效。傳統上，你應該在皈依祈請文裏包含兩個部分，一是你願意皈依於佛、法、僧，另一部分是你請求他們的保護。你的祈請文不須要有優美的文辭，也不必受限於某種詩詞規律、或其他任何規矩。只要以自己的話，表達出你受到保護與幫助的願望；而且，如果你太害羞而無法大聲說出來，在心裏默想這些字句也可以。

皈依佛為指引，皈依法為道路，皈依僧為道上的同伴，然後請求他們保護你免於世俗的災禍，例如得到嚴重的病毒感染、染上瘟疫、遭遇車禍，以及各種不幸的意外，例如吞下塑膠牙籤等等。更重要的，是請求他們保護你免於你一己的自私、自我中心、無止盡的欲望、烏雲般的無明、毀滅性的瞋恨、分別心、二元念頭、不淨觀，以及所有其他許許多多蒙蔽我們的障礙。

我們初學者常在皈依佛的時候，把他想像成救世主，因此我們的祈請文都會顯得有點卑微。事實上，從一個觀點看，我們沒有理由不應該祈請世俗的幸福，像是健康、良緣、事業成功、甚至我們的足球隊勝利等等。畢竟，輸掉一場足球賽，很容易會讓我們掉入鬱悶的心情，可能有好幾個禮拜都無法想到佛法的事。所以，雖然我們應該牢記欲求身體健康、個人財富、球賽冠軍等，不是一個真正想要超越世俗生活的人所應祈請的方式，但是我們只不過是凡人而已。幾乎所有的人都希求世俗的快樂。因此，如果我們能夠稍微轉移一下世俗祈願所強調的重點，例如祈請我們能獲得保護、免於身體不健康，因為我們希望有更多的時間與機會來幫助他人；或者祈願我們擁有權力與金錢，所以我們能護持佛法等等；如此一來，本來是我們自私的欲求，就會轉變為能夠利益他人最深奧的泉源。理想上，你應該永遠將一切有情眾生包括在你的祈請文中；最低限度，你至少應該包括你的朋友與所有認識的人。而且不要只是祈願他們在世俗上的努力得到好運，也要祈願他們能與佛法結緣，證得正覺，解脫億萬有情眾生。

最後，要讓皈依更為深刻，你在念完祈請文時，想像所有諸佛與菩薩都融入於你，因此你自己與你所皈依的對象成為無二無別。花點時間安住在這個狀態中。最後這個步驟非常重要，因為它提醒我們，從究竟的觀點而言，我們所皈依的對象並非一個住在天堂，對我們做出審判、處罰、獎賞，實存於外在的全能庇護者。

如果你修持大乘之道，在你以皈依奠定了修行的基礎之後，接下來就是受菩薩戒的時候了。偉大上師們造訪聖地時，他們通常都花最多的時間在受菩薩戒，或至少重新受戒。根據大乘的傳統，在受戒之前，你應該先積聚一些福德，例如念誦七支祈請文。

七支祈請文

大乘佛法提供了一個結合智慧與方便的絕妙法門，它既容易做，又能帶來殊勝的成果。也許你認為要積聚無量福德，就得付出超過你能力所及的極大犧牲，比如供養你的皮肉、骨頭或房子等。但實質的供養並非我們唯一能做的；如果是這樣的話，它就不是一個實際可行的系統了，因為我們絕大多數人都辦不到。所幸，大乘之道有智慧和方便來適應所有的修行者，而非只是富裕者。它提供了觀想供品的方法，可以積聚與實質供養完全等量的福德；換句話說，大乘之道簡單、愉悅、不麻煩，但它的方法卻能獲得和實質供養等量的福德與智慧。

「七支供養」就是這些殊勝法門之一，它包含了七種不同積聚福德的方法，而且每個方法都有其特殊的目的。這些供養是：禮拜、供養、懺悔、隨喜、請轉法輪、請佛住世、福德迴向。你可以選擇任何一個經典或法本裏的「七支祈請文」來念誦。

禮拜

我們以大禮拜來摧毀我們最頑強的外殼，那就是驕慢。一個人若是驕慢，證悟的功德就無從增長；而缺乏證悟的功德，菩薩的利生事業就會受到阻礙。除此之外，驕慢的本質是缺乏安全感，而且它還造成許多層面的偽善。

想像你能將自己的身體數量倍增，因而有成億成兆的你，在皈依對境面前做大禮拜。佛陀說，這個做法能讓每個想像的大禮拜都積聚完全等量的福德。

化身微塵數，匍伏我頂禮，三世一切佛，正法最勝僧。
禮敬佛靈塔，菩提心根本，亦禮戒勝者。方丈阿闍梨。[4]

供養

對治慳吝的方法是作供養。慳吝是根植於一種與貧窮完全無關的貧乏心態；這世界上有許多人擁有豐富的物質財富，然而他們總覺得缺少某些東西。器量狹小是慳吝的一個副作用，一個器量狹小的人無法發展出吸引他人所必要的莊嚴特質。

你能供養的數量是沒有限制的，事實上是無邊無際的。雖然「無限的」供養在我們耳裏聽來，好像就是我們應該進行大量、繁複又美

④ 寂天菩薩《入菩薩行論》，第二品，第24-25偈頌。

妙的供養，但它完全不是這個意思。一個無限的供養也可以非常小，比如一個名叫「月官」的小男孩所作的供養。

月官家境很窮，他的父母、兄弟、姊妹都被迫去乞食，以免餓死。有一天，當月官出去行乞時，他注意到路旁的寺廟裏恭奉着一尊觀世音菩薩像。他被這尊菩薩像的慈悲面容所吸引，於是把當日上午乞得的一些米粒灑向菩薩像的手上。令他詫異的是，無論他如何小心翼翼地供養，米粒總是從菩薩像滑落到地面。他再供養一些，米粒還是從菩薩像的手中滑落到路上。月官開始擔心，是否觀世音菩薩由於某個原因而不接受他的供養。他不斷朝口袋深處再掏出一些米粒來供養，直到最後一粒不剩。至此，月官感到十分沮喪，他眼含淚水、滿懷歉意地向觀世音菩薩說：「我現在已經沒有東西可以供養你了！」就在那一刻，這孩子深信觀世音菩薩事實上就在他面前的專注力量，讓菩薩像活了起來，並且以緊緊的擁抱來安慰他。

很顯然的，我們都應該做實質的供養；不過，想像的供養或許更為重要。在你的心裏，觀想堆積成山的所有傳統供品，以及其他任何你想得到的美麗、貴重、令人喜愛，或非凡的東西，比如加拿大的尼加拉瓜大瀑布或北京的紫禁城、優雅誘人的藝妓舞孃或魁武全副武裝的美國海軍陸戰隊。讓你的想像盡情飛揚，而且不要局限你的供品只在自己的文化所欣賞的範圍內。

為持珍寶心，我今供如來、無垢妙法寶、佛子功德海。
鮮花與珍果，種種諸良藥，世間珍寶物，悅意澄淨水；
巍巍珍寶山，靜謐宜人林，花嚴妙寶樹，珍果垂枝樹；
世間妙芳香、如意妙寶樹，自生諸莊稼，及餘諸珍飾；
蓮綴諸湖泊，悅吟美天鵝；浩瀚虛空界，一切無主物，
意緣敬奉獻，牟尼諸佛子。祈請勝福田，悲愍納吾供！
福薄我貧窮，無餘堪供財；祈求慈怙主，利我受此供！
願以吾身心，恆獻佛佛子！懇請哀納受，我願為尊僕！
尊既慈攝護，利生無怯顧，遠罪淨身心，誓斷諸惡業！
馥郁一淨室，晶地亮瑩瑩，寶柱生悅意，珠蓋頻閃爍；
備諸珍寶瓶，盛滿妙香水，洋溢美歌樂；請佛佛子浴。
香薰極潔淨，浴巾拭其身，拭已復獻上，香極妙色衣。
亦以細柔服、最勝莊嚴物，莊嚴普賢尊、文殊觀自在。

香遍三千界，妙香塗敷彼，猶如純鍊金，發光諸佛身。
於諸勝供處，供以香蓮花、曼陀青蓮花，及諸妙花鬘。
亦獻最勝香，香溢結香雲；復獻諸神饈，種種妙飲食。
亦獻金蓮花，齊列珍寶燈，香敷地面上，散佈悅意花。
廣廈揚讚歌，懸珠耀光澤，嚴空無量飾，亦獻大悲主。
金柄撐寶傘，周邊綴美飾，形妙極莊嚴；常展供諸佛。
別此亦獻供，悅耳美歌樂，願息有情苦，樂雲常住留！
唯願珍寶花，如雨續降淋，一切妙法寶、靈塔佛身前！
猶如妙吉祥，昔日供諸佛，吾亦如是供，如來諸佛子。
我以海潮音，讚佛功德海，願妙讚歌雲，飄臨彼等前。⑤

⑤寂天菩薩《入菩薩行論》，第二品，第1-23偈頌。

懺悔

接下來，為了拆解「我執」的藏身之處，你要揭露懺悔惡行；這是反擊瞋恨最有效的方法之一。如果你把你的墮罪深藏在黑暗的隱密之處，那就好比你身患重病，卻不告訴醫生哪裏疼痛；隱瞞如此重要的訊息會讓醫生無法作出正確的診斷。如果你忘了曾經做過的一些事，或者不完全確定從佛教的觀點何者屬於惡行，你也不用擔心，就盡己所能地懺悔就好了。想像你在諸佛與菩薩面前，他們知道過去發生的一切事、未來將要發生的事以及現在正在發生的事；你在他們面前揭露懺悔所有你感到羞愧的事情和念頭、所有你不該做的事情、不該想的念頭，或甚至你在未來可能會做的事或會想的念頭，不要遺漏掉任何一件。

如果你願意的話，可以念誦寂天《入菩薩行論》中的懺悔文。

我於十方佛，及具菩提心，大悲諸聖眾，合掌如是白：
無始輪迴起，此世或他生，無知犯諸罪，或勸他作惡，
或因癡所牽，隨喜彼作為，見此罪過已，佛前誠懺悔。
惑催身語意，於親及三寶、師長或餘人，造作諸傷害。
因昔犯眾過，今成有罪人；一切難恕罪，佛前悉纖悔。⑥

以及

吾因無明癡，犯諸自性罪，或佛所制戒，及餘眾過罪。
合掌怙主前，以畏罪苦心，再三禮諸佛，懺除一切罪。
諸佛祈寬恕，往昔所造罪！此既非善行，爾後誓不為！⑦

⑥ 寂天菩薩《入菩薩行論》，第二品，第27-31偈頌。
⑦ 寂天菩薩《入菩薩行論》，第二品，第63-65偈頌。

藍毘尼

隨喜

隨喜他人的成功，也許是積聚福德最簡單的方式；這好似有着大量的福德在你的四周，就等着你去拾取。當你看到別人做了一些有價值的事，你只要隨喜他們的善行，就能積聚海量的福德。對治嫉妒——這個讓我們受苦的最荒謬、最可悲的情緒反應，隨喜最強而有力。當你看到他人的美貌或成功時，不要沉溺於嫉妒，要隨喜之；並且記住，這兩種功德是他們過去世安忍與布施的結果。

同樣的，在你的朝聖途中，想想你認識的每一個具有良善特質的人，隨喜他們所做的善事，不論是經營醫院或是創造美妙的花藝；也隨喜他們所享有的結果，不論是名望還是美貌。而隨喜諸佛與菩薩的佛行事業，更是特別有力。

欣樂而隨喜：一切眾有情，息苦諸善行、得樂諸福報。
隨喜三學行、二乘菩提因。隨喜眾有情，實脫輪迴苦。
隨喜佛菩提、佛子諸果地。亦復樂隨喜，能與有情樂。
發心福善海，及諸饒益行。⑧

請轉法輪

我們處於末法時期，對於五濁惡世以及我們所有問題的根源——無明，最有力的對治方法，就是請諸佛與菩薩轉動法輪。

佛陀於二千五百多年前滅入究竟涅槃，因此你可能會問：為甚麼還要繼續請佛教導我們？

⑧ 寂天菩薩《入菩薩行論》，第三品，第1-4偈頌。

首先，在日常生活裏，每當我們遭遇困難，大部分人最先想要做的，就是請求我們尊敬或信賴的人給予幫助。在目前的狀況，我們在輪迴裏普遍面對的問題，就是根本無明，所以我們應該去請教確定能解決這無明的那個人。「可是我們為甚麼要請教佛陀？又該如何請教他呢？」這是大部分人立即的反應。「他現在並沒有活在這個世界上，難道我們要等到未來佛出世，才能得到答案嗎？」很遺憾的，這樣的問題完全錯失了重點。

請轉法輪並不只是以一般的方式請求法教而已，法輪轉動可以有很多種形式。舉例來說，法輪可能在你做非常平凡的事情時轉動，比如正在看一齣你最喜歡的連續劇，或見到一棵枯樹，或讀到一本書的某個章節等；因為任何能觸動火花，點燃你的悲心以及對此生徒勞的了悟，那就是「法輪轉動」。佛法學子常在第一次翻閱神聖的法本時有所障礙，因為他們根本就無法理解。然而到後來，積聚了多一點的福德之後，當他們再回去閱讀相同的法本時，就會發現相當容易了解。這是諸佛與菩薩轉動法輪的方式之一。

歷史上說，佛陀曾經三轉法輪。同時，佛陀也曾向我們每個人承諾，每當我們心懷虔敬，他就與我們同在。這就表示佛不曾間斷地一直在轉動法輪，而這種教法也永遠不會停止。

> 普於十方佛。合掌誠祈請：為眾除苦暗，請燃正法炬！[9]

[9] 寂天菩薩《入菩薩行論》，第三品，第5偈頌。

請佛住世

請求諸佛與菩薩住於輪迴而不要滅入究竟涅槃，是我們反擊邪見和懷疑的方法。輪迴眾生的心，是二元分別的；而二元分別的心，其本質充滿懷疑；而懷疑滋生邪見。靈性追求者，耗費許多時間懷疑關於他們的修行、他們的法道，以及靈性生活的方式；這可能是我們多數人必須面對的最艱難的挑戰；然而，懷疑會伴隨着我們，一直到我們靈性修行的最終點。有人認為，我們的智能愈增長，我們的懷疑也就更敏銳；這很有道理，因為我們愈聰明，我們的懷疑也就會愈聰明。事實上，我們有很多的懷疑是我們最大的障礙，主要是因為它佔去太多的時間。懷疑愈嚴重，我們就愈可能困在連續的自我譴責狀態中；我們的注意力因而被導離正見，造成我們對業果定律失去信任，並且腐蝕我們對緣起、空性、三寶的究竟實相之信念。

懷疑以各種各樣的方式侵擾我們的心。你也許會困惑：為甚麼完成了這麼多佛法修持之後，我的健康狀況仍然不佳？或者，如果佛是遍知的，為甚麼他不能消滅愛滋病、貧窮，或大規模毀滅性武器？他們究竟有沒有法力？真的有「來生」嗎？我們每一個人真的都有佛性嗎？許多類似的懷疑，只要我們聽聞教法就很容易清除；不過大部分的人也需要某種與邏輯推理無關的啟發來增強信心，比如經歷了某種超凡的體驗，或遇見了一位具啟發性的人物。通常，遇見一位我們看得到、摸得着、聽得到、代表佛的身語意化現的佛教大師，這是最好的一種啟發——所謂「百聞不如一見」。而我們所請求的，不只是具足全套三十二相、八十隨好的圓滿諸佛住於輪迴而已，我們也請求那些能啟發眾人、體現教法、示現諸佛與菩薩一切尊勝功德的人住世；同時還要伴隨着一切令我們振奮鼓舞的事件或活動，不管它們是多麼不合邏輯或多麼不切實際。

知佛欲涅槃，合掌速祈請：住世無量劫，莫遺世間迷！⑩

迴向

最後，我們必須儘快地迴向我們的修持和善行，才不致於浪費我們所積聚的福德。藉由迴向，將福德給予一切眾生的究竟快樂與證悟成佛，我們不僅保障了福德安全，也保證它會持續累積——就像銀行存款的利息一般——因此，我們的善行就會成為我們的成佛之道。假使我們不立即迴向，這些福德資糧可能被突發的瞋火，或任何其他折磨我們的極端惡行或惡念燒毀殆盡。

如是諸觀行，所積一切善，以彼願消除，有情一切苦！
乃至眾生疾，尚未療癒前，願為醫與藥，並作看護士！
盼天降食雨，解除飢渴難！於諸災荒劫，願成充飢食！

為濟貧困者，願成無盡藏！願諸資生物，悉現彼等前。⑪

⑩ 寂天菩薩《入菩薩行論》，第三品，第6偈頌。
⑪ 寂天菩薩《入菩薩行論》，第三品，第7-10偈頌。

供品

淨水是極為普遍的供品，你在寺廟或佛堂裏，常常可見許多套的淨水供養。水除了象徵清淨之外，它對所有型態的生命而言，也是不可或缺的。

供養的時候，我們需要培養的重要心態，就是對供品不要有任何執着，而且當它不再屬於我們的時候，要毫不後悔。我們的心是易變的，無論從事多麼有利益的活動，在月底結算時，也許有那麼一剎那，我們會後悔不應該供養了一萬盞燈，而希望當時應該控制在五千盞就好。相較之下，供養淨水的花費就少很多，所以我們也就比較沒有機會後悔。

鮮花與珍果，種種諸良藥，世間珍寶物，悅意澄淨水；⑫

供燈也非常普遍，它充滿着靈性的象徵。我們遵循佛陀的教法的原因，是渴望獲得證悟，而只有在我們調伏或修持了自心之後，證悟才會發生。正如燈照亮了周遭而讓人得以看見，它同時也照亮了自己；相同的，心不只了知他人，同時也了知自己。由於這個原因，燈是我們對於心最近似的譬喻；因此，任何有力量可以驅逐黑暗的，都可以用來作為供品。

亦獻金蓮花，齊列珍寶燈，香敷地面上，散佈悅意花。⑬

供曼達

曼達〈壇城〉象徵整個宇宙，以及宇宙之內所有事物的最清淨形式。我們將心所能企及、能想像的一切東西都拿來供養，比如大地、水、山、河、城市等；我們供養這個世間所有的財富，以及天人、阿修羅的財富；我們供養一切被視為珍貴的物質，比如黃金與鑽石等；我們供養一切被認為是強壯的東西，比如大象；我們還供養一切被視為吉祥之物，比如孤沙草或酸奶等。傳統上，西藏的儀式會以曼達盤、米粒和寶石等來供養，不過你也可以僅以拋灑米粒作供養，或者

⑫ 寂天菩薩《入菩薩行論》，第二品，第 2 偈頌。
⑬ 寂天菩薩《入菩薩行論》，第二品，第 17 偈頌。

拋灑花瓣更好。當你這麼做的同時，念誦任何一個供曼達祈請文。

例如：

香水鮮花芬芳地，須彌四洲日月嚴，
諦觀淨剎供諸佛，普願有情生淨土。

tram guru ratna mandala pudza megha
samudra saparana samaye ah hung

串　咕魯　拉特那　曼達拉　普乍　每嘎
薩目爪　薩帕拉那　三昧耶　阿　吽。

菩提心與菩薩戒

雖然「菩薩」這個稱謂聽起來令人尊敬而且難以達成，但其字意只是「子」或「佛之繼承人」，並且不是那麼難以達成。它不需要通過資格考試，也不需要完成甚麼不可能的任務；你所有要做的，只是發起衷心的祈願，願你能帶領一切眾生圓滿證悟。要作這樣的誓願，還有甚麼地方比得上在佛陀的聖地，在神聖佛像的面前？所以你應該好好利用時間，在每個聖地受菩薩戒（立下菩薩誓願）。一如寂天菩薩所寫的：

生死獄中囚，若生菩提心，即刻名佛子，人天應禮敬。⑭

以及

如人雖犯罪，依士得除畏；若有令脫者，畏者何不依？⑮

不論你認為自己多麼不完美、不清淨而且耽溺於輪迴，但是身為人類，你不可能從來沒有過一絲善念——雖然極其稀有，但一定曾經發生過。如同寂天菩薩所寫：

猶於烏雲夜，剎那耀閃電；如是因佛力，世萌修福意。⑯

無論善念如何短暫，它都是菩提心的種子。然而，假如你在受菩薩戒的當下，內心沒有一絲善念自然升起的話，那就造作一個！造作一個善念，但是不要認為它不純正而厭惡自己或這個善念。即使是一個假造的善念，也好過甚麼都沒有，而且造作的善念終究會引導到真正的善念。

菩提心是人類內心在某種狀態下所能產生的慈愛、大悲與良善；當它生起時，是無以言喻的美妙。這種美妙的心靈要能生起，我們一般都需要大量的福德，才能具足其助因與外緣。因此，在做完皈依與念誦「七支祈請文」之後，我們就在受菩薩戒或修持菩提心的最佳狀態下了。

由於這也許是你唯一一次身處聖地，因此切勿錯過在這些神聖佛像面前受菩薩戒的機會。雖然你不一定需要在上師或某位聖者面前

⑭寂天菩薩《入菩薩行論》，第一品，第9偈頌。
⑮寂天菩薩《入菩薩行論》，第一品，第13偈頌。
⑯寂天菩薩《入菩薩行論》，第一品，第5偈頌。

受戒，但如果附近正好有具格授予你菩薩戒的比丘、喇嘛或在家修行者，你當然應該跟從他們受戒。

大部分的聖地都充滿了聖物，如佛的雕像或佛法經書。在這些代表諸佛與菩薩的聖物面前皈依，是一件非常好的事。

要受菩薩戒，你首先供養花、香與燈。沒有把種子種在泥土裏，花就不會生長；只有種下種子，它才會萌芽、最終開成花朵。這是修行者在內心生起菩提心的最佳寫照。為了讓菩提心的種子在我們內心綻放花朵，我們必須先將它播種在福德田裏。實際上來說，最重要、最需要培養的元素，是願菩提心；因此，從今以後，你的整個生命和你所做的每一件事，都將以成就一切眾生的證悟為目標。然後念誦寂天《入菩薩行》的偈頌如下：

菩薩戒

如昔諸善逝，先發菩提心；復次循序住，菩薩諸學處。
如是為利生，我發菩提心；復於諸學處，次第勤修學。⑰

念誦這個偈頌一遍，或時間允許下盡可能多遍，並且加以思維。

如果你有疑惑：「我怎麼可能成為菩薩？我永遠無法割下我的肢體，拿它們來餵食餓虎！」別讓自己感到氣餒，因為，恰如寂天菩薩所說的：「……次第勤修學。」（……一步一步，我將依止並勤勉自修。）

⑰ 寂天菩薩《入菩薩行論》，第三品，第23-24偈頌。

至此，你已經受了菩薩戒。你可以為自己慶賀，為自己做了一件真正很有價值的事感到高興。讓你自己對剛剛完成的這件事加以珍惜，並鼓勵自己；讓你一想到菩薩戒就精神振奮；而且不斷提醒自己，你今天有最好的理由應該開心。寂天的這一段話，對我們會有幫助：

智者如是持，清淨覺心已，復為增長故，如是讚發心：
今生吾獲福，幸得此人身。復生佛家族，喜成如來子。
爾後我當為，宜乎佛族業；慎莫染污此，無垢尊貴種。
猶如目盲人，垃圾獲至寶；如此菩提心，如是我何幸！
滅死聖甘露，即此菩提心；除貧無盡藏，是此菩提心；
療疾最勝藥，亦此菩提心。
彼為泊世途，眾生休憩樹；復是出苦橋，迎眾離惡趣。
彼是除惱熱，清涼心明月；復是璀燦日，能驅無知霾。
是拌正法乳，所出妙醍醐。

現在，你已令自己昇座成為菩薩。懷着身為菩薩所帶來的信心和喜悅，你現在可以向所有眾生宣告你新的身分。

於諸漂泊客、欲享福樂者，此心能足彼，令住最勝樂。
今於依怙前，筵眾為上賓，宴饗成佛樂，普願皆歡喜。⑱

接下來是四無量心。在這個修持裏，你祈願所有的眾生都永遠快樂、免於受苦；而可能更重要的，是願他們永遠具足快樂的因、免於

⑱寂天菩薩《入菩薩行論》，第三品，第25-34偈頌。

痛苦的因，並且永不離於快樂。最後，你祈願一切眾生離於分別心，比如說，願他們不再區分敵友、常持平等捨心。平等捨心的修持，與究竟菩提心的修持非常接近。

有時間的話，你可以修持施受法（Tonglen）。在這個修持裏，當你吸氣時，觀想你吸入所有眾生的痛苦和焦慮；而你吐氣時，觀想你將所有的快樂、喜悅、慈愛與智慧，都給予所有的眾生。

為利有情故，不吝盡施捨，身財諸受用、三世一切善。[19]

[19] 寂天菩薩《入菩薩行論》，第三品，第11偈頌。

在目前這個階段，若要修持行菩提心，你可以把朝聖之旅與所有你所供養的水、燈、香等，視為將菩提心付諸實行的第一步。至於究竟菩提心，如果你接受過教法了解如何修持，就在此時修習之；如果你未曾接受過此教法，就念誦《心經》一遍。

般若波羅蜜多心經

觀自在菩薩。行深般若波羅蜜多時。照見五蘊皆空。度一切苦厄。舍利子。色不異空。空不異色。色即是空。空即是色。受想行識。亦復如是。舍利子。是諸法空相。不生不滅。不垢不淨。不增不減。是故空中無色。無受想行識。無眼耳鼻舌身意。無色聲香味觸法。無眼界。乃至無意識界。無無明。亦無無明盡。乃至無老死。

亦無老死盡。無苦集滅道。無智亦無得。以無所得故。
菩提薩埵。依般若波羅蜜多故。心無罣礙。無罣礙故。
無有恐怖。遠離顛倒夢想。究竟涅槃。三世諸佛。
依般若波羅蜜多故。得阿耨多羅三藐三菩提。
故知般若波羅蜜多。是大神咒。是大明咒。
是無上咒。是無等等咒。
能除一切苦。真實不虛。故說般若波羅蜜多咒。即說咒曰。
揭諦揭諦。波羅揭諦。波羅僧揭諦。菩提薩婆訶。⑳

然後，做為修持究竟菩提心的開胃菜，你可以靜坐，注視你念頭的來去，不作任何分別。

⑳ 般若波羅蜜多心經，唐三藏法師玄奘譯。

除此之外，還有許多其他的方法，可以讓我們積聚福德。例如：

- 造橋修路；
- 提供錢財、食物和居所給窮困的人，提供他人訊息、甚至只是一個微笑；
- 憶念佛、法、僧三寶；
- 誓願受戒；
- 思維慈愛、悲心與實相；
- 修持安忍；
- 禪修智慧。

佛陀親自推薦了這些方法，並且說，如果以正確的發心來修持這些法門，會獲得無可計量的善德之果；不過對於在家修行者，最好還是把重點放在布施、持戒和安忍的修持上。

布施包含以任何一切的方式對他人給予與付出，例如給予錢財、空間或保護。朝聖者可以藉由供養花、香等行布施。

根據佛教的修持，持戒一定與不傷害眾生有關，這是能積聚大量福德的修持。如果可能的話，除了不傷害之外，你也應該努力修持幫助眾生的戒律。雖然戒律並不局限於為了健康而不抽煙、不吃義大利麵、不喝大量威士忌等，但對朝聖者來說，誓願在朝聖途中不吃肉或不喝酒，會是很好的一件事。

根據寂天菩薩，安忍是累積福德最迅速、最有力的方法。朝聖者一定會有很多機會修持安忍，特別在印度。最有效的一個方法，是將你所遇見的每個人都視為菩薩。既然我們不可能只從外相就知道誰是不是佛或菩薩，那麼就不要分別。

另外一個方法，是在下次你的行程被打亂時——也許是巴士或火車延誤了，這在印度經常發生——你自己這麼想：「如果連這種瑣碎的事情，我都沒有足夠的安忍來應付，那麼我怎麼能夠承受地獄之火的磨難？」

朝聖的地點不僅吸引朝聖客，投機分子的大軍也如磁吸般地湧現。像是白天看起來有義肢的斷腳乞丐，到晚上就奇蹟般地及時長出腳來，以方便他們走路回家；還有穿着酷似比丘的高明騙子。要如何因應這些機會而行布施，完全取決於你自己。舉例來說，也許你決定在朝聖途中不給任何乞丐一毛錢，而到最後把剩餘的現金分給大城市裏情況更糟、更沒機會獲得溫飽的乞丐；或者你把錢布施給婦女，因為她們的生活遠比男人艱困；你也可以只贈送食物或衣服，或只給所有那些深陷貧困的人由衷的祈願，而不給錢以免被他們花在酒精或藥物上；或者你也可以決定把錢給予任何一個向你乞討的人，不管他們看起來是否應得。

從靈性的觀點來看，你對布施的對象所抱持的態度非常重要。你一定要記住，不論他們在此生是甚麼身分，在某個前世他們曾經是你所愛的人，或是愛你的人；他們每一個人都曾經為你流過血、流過淚，或甚至可能為了保護你而犧牲過自己的性命。由於我們不知道所遇見的人是不是菩薩（佛能以多種外相示現），為了保險起見，你應該想像你所布施的每一個對象都是覺悟者。這對於密續行者而言更為重要，因為他們曾經誓願：視任何人都是本尊、所到任何處所都是壇城。如果我們在心中以這種想法來給予他人，我們的布施修持會變得

瓦拉納西

更加深刻。

因此，作為一個聲聞乘的修行者，當你看到一個衣不蔽體的乞丐坐在骯髒的街道上，你應設身處地想像，如果你也必須睡在污穢的窄巷、只能吃別人丟棄的食物，你會有多痛苦？然後，當你對他供養金錢或食物時，會油然生起尊重，因為你了解他和你同為人類，只是他的生活狀況遠不如你幸運而已。

作為一個菩薩乘的修行者，你要記住，在無數的生生世世，你和這個乞丐已經結下緣分，他必定多次曾是你的父親、母親、情人或先生。然後，不管你的供養多麼微薄，在心裏發願，希望藉由你布施所結下的這份業緣，能引導這位乞丐接觸佛法。

可能的話，你也應該記住，你自己、這個乞丐和這份供養，全都是幻相。如是了解，丟擲銅板給他的這個簡單的行為，就會成為最深刻的布施修持。

而密續行者，則要想像這個乞丐與自己的上師或本尊不二，而行布施。

至於供養僧尼，無論他們是真是偽，你所積聚的福德主要是依於你的動機而定，而與他們的真實身分不太有關。乞丐們常常有令人心酸的故事。站在你面前的這個假和尚，很有可能就是完全沒有別的辦法了，才會穿上僧袍來行乞，為的是養活他的家人，或急需藥物來緩和他的母親疾病末期的病痛。所以，先別急着譴責這個假和尚；而且還要記住，許多所謂的「真」和尚，他們開着平治轎車、戴着勞力士錶以及蒂芙尼金鍊。我們寧願不要懷疑或挑剔遇見的每一個人，而只是單純地對僧袍（它象徵佛、法、僧）表達尊敬；縱使和尚是假的，你也會積聚大量的福德。

當佛陀還是菩薩時，他在某一生轉世為一隻有着漂亮藍色鬃毛的動物。這隻動物天生就喜歡出家人，常常跑到他們身上，依偎在黃色的僧袍裏。有一天，一個奸詐的獵人假扮成比丘，將一支毒箭藏在袍子的褶層裏。當這隻動物跳到他的腿上時，他一刺便把牠殺死了。這個故事聽起來挺悲慘的，不過這隻動物在那一剎那對僧袍產生的喜愛，卻積聚了累劫的福德。

在朝聖途中，參訪寺廟可以讓我們有許多機會修持六度中的每一項：

盡你所能地供養，這是修持布施；

以謙虛的態度供養，不引人注目、不誇耀、也不為任何世俗的理由而做，這是修持戒律；

假如寺廟管理員糾纏你，要你給的更多，不要對他們心懷惡意，這是修持安忍；

充滿喜悅地供養，這是修持精進；

供養時，不受到自己的虛榮心、不安全感、驕慢等影響而失去專注，這是修持禪定；

視你所供養的一切，不論大小，都是如夢如幻，這是修持智慧。

祈願

身為初學者，不論我們做甚麼，很粗率地說，我們的靈性道路一直就是個「假裝模擬」的法道。在佛教裏，有許多種的靈性法道，例如出離心之道、虔敬心之道、大悲心之道等，不過要隨時都能夠「真正」體驗所有這些法道，是極為困難的。過往的偉大上師對我們的建議，是要以發願開始，願未來有一天，我們會感受到真正的出離心、虔敬心、大悲心等。藉由這麼做，我們會積聚大量的福德。

曾經有位老婦人，她看到一個有錢的商人，以一頓豪華的午餐供養了佛以及全體隨從。當她注視着那些裝飾得極為漂亮的桌子、金色的盤子以及許許多多精心擺設的菜餚時，她不斷地希望她也能夠做這樣的供養，可是她幾乎一無所有，沒有錢能使自己的願望實現。然而，只因為希望與發願，據說她積聚了不可估量的福德。

對於我們這些沒有智慧因而無法了解空性、仍然受制於時間、空間、方向、質量和數量的人，發願是為我們所設計的修持法門。這個修持，是提供給那些心智受局限、只能假設「一切眾生皆成佛」也許有可能性的人。想要在世俗的層次上幫助一個人，就已經讓我們迅速地精疲力竭了；所以，「永遠」一直幫助「一切」眾生的想法，似乎只是詩意夢幻一般地怪異而不真實。然而，這種短視的見地只是缺乏智慧的結果。

《般若經》裏提到，有位菩薩經過多年努力行持菩薩道之後，他告訴佛說，他一想到獲得證悟要花上這麼久的時間，加上無數的眾生都還未獲得解脫，就感到氣餒。佛陀以一個譬喻回答了他：想像一個母親夢見自己的獨子被湍急的河流沖走。她完全無能為力，然而，在痛苦絕望中，她願意做任何事情來救這孩子，不顧自己的安危，甚至願意犧牲自己的性命。要花多長的時間來救這孩子，完全不是她在意的問題；要花多少心力來救他，也完全不是她的考量。由於堅定的力量和專一的決心，她終於把孩子從河裏拉上來。然後，她醒了過來。她為了救這小孩所承受的一切痛苦、所付出的極大努力，以及她所投注的時間，都不曾存在過；甚至連她救了孩子性命的想法，也只是個幻相。

我們尚未發展出智慧來認清輪迴的虛幻本質，所以我們認為這個世界和其中的人們都是堅實、恆常而且真正存在的。因此，我們被徹底征服，甚至只是試圖救渡眾生的挑戰，我們都無法鼓起勇氣面對；然而，我們卻有足夠的福德，渴望追隨菩薩之道。因此，我們應該如何開始呢？我們如何找到一個方式，來開始一個我們目前相當確定終將會被證明是不可能的任務？一如佛法道上的其他任何修持，我們以生起正確的動機開始，然後以發願來鞏固它。因此，當你在朝聖途中，若沒有別的事做，就應該一再地念誦發願祈請文。

路人無怙依，願為彼引導，並作渡舟者、船筏與橋樑！
求島即成島，欲燈化為燈，覓床變作床，需僕成彼僕！
願成如意牛、妙瓶如意寶、明咒及靈藥、如意諸寶樹！
如空及四大，願我恆成為，無量有情眾，資生大根本！
迨至盡空際，有情種種界，殊途悉涅槃，願成資生因！㉑

偉大的龍欽巴尊者說，雛鳥飛不高，是因為牠們的翅膀小，力氣與靈敏度都不夠。同樣的，如果沒有遍知的能力，我們難以對他人產生幫助。因此，目前你只要考慮你自己的佛法修持與證悟；然後找個安靜的地方，祈願你能利益他人。這就是相對菩提心的修持。

行菩提心是菩薩的事業，是你實際上幫助他人所做的事。對我們來說，每天要滿足一個眾生——伴侶、孩子或父母的願望都很困難了，因此，想要嘗試菩薩幫助所有其他眾生這種不可思議的無私事業，對多數人來說，光是想到都無法承受了，更不用說將之付諸行動。我們多少人能想像自己以無限的慷慨、完全的謙遜、不倦的忍耐來對待任何一個人？我們所聽聞的菩薩事跡，其真實性就像消失的亞特蘭提斯古國或獨角獸一般；你能想像仿效佛陀在其身為菩薩的五百世之一，把身體布施給飢餓的母虎，讓牠得以餵食幼虎？這些想法塞不進我們

㉑寂天菩薩《入菩薩行論》，第三品，第18-22偈頌。

充滿邏輯、受過教育的心智裏。我們強烈的自私與我執，更阻礙了我們了解這種無私行為的任何可能性。要我們拋棄兒女、伴侶、父母、家庭？不！這是絕對無法想像的！

修持行菩提心是很不容易的；而另一方面，修持願菩提心卻極為簡單，而且不需付出任何代價。對於我們這些想要成為菩薩，而且需要各種助力的初學者而言，應用願菩提心是更適當、安全而容易的法門。

雖然發願在靈性法道上很重要，但知道我們應該發何種願或許更為重要。初學者往往對此不甚了解，因為他們不知道甚麼是對他們真正有益的，而甚麼是有害的，就更少人知道了；至於甚麼才是他們真正需要的，大家則是一無所知。所幸，過往的偉大上師對這個主題有很好的建議，那就是：效法偉大的菩薩。

比如寂天菩薩就寫到：

為於十方際，成辦有情利，吾行願得如，文殊圓滿行！㉒

許多發願祈請文是過往的聖者所寫的，「祈願文之王」：《大方廣佛華嚴經》的《普賢行願品》就是其中之一。它被認為是所有祈願文中最殊勝的一篇，它包含了以下的偈頌：

㉒ 寂天菩薩《入菩薩行論》，第十品，第54偈頌。

一切如來有長子，彼名號曰普賢尊，
我今迴向諸善根，願諸智行悉同彼；
願身口意恆清淨，諸行剎土亦復然，
如是智慧號普賢，願我與彼皆同等。
我為遍淨普賢行，文殊師利諸大願，
滿彼事業盡無餘，未來際劫恆無倦。㉓

如果念誦別人寫的字句讓你覺得不切身，你可以自己寫；或者你也可以修改原有的祈願文，讓它更能反映你想要說的想法。例如：

祈願任何佛所教，自然內化入於我，願我自然能了悟。㉔

這是一種很重要的發願。佛法既廣大又深奧，有時會超越我們所能理解的範圍。雖然普遍都認為，研讀佛法能讓我們增進了解；但事實上，究竟的了悟只能透過諸佛的加持達成。這就是為甚麼我們要祈願，願我們對於佛法的了解——這對我們白己和他人的證悟是必要的——自然地於我們心中升起。

祈願自己不只在智識上理解佛法，也能在經驗上了解它。

祈願自己能體現究竟與相對菩提心，因此能不光靠外表、知識與政治影響力來吸引與懷柔眾生。

㉓ 詳附錄《大方廣佛華嚴經》《普賢行願品》全文。

㉔ 蓮師祈願文，宗薩蔣揚欽哲諾布英譯。
Whatever the Buddha taught,
Effortlessly may it enter my being, and
Effortlessly may I understand it.

祈願與大眾結緣——甚至那些在一堆人當中，只是對你色彩鮮豔的運動衫瞄了一眼的人——祈願佛法的種子因而播種在他們的心田裏。

祈願佛法持續興盛。祈願許多偉大的佛法持有者現世，願他們在解脫一切眾生的努力上毫無障礙。

祈願你的身體、你的儀態、你的想法和各種念頭，不論以何種方式，都能夠利益眾生。比方說，如果我突然急着想要查看股票行情，願這個世俗的念頭也能成熟為利益眾生的化現。

祈願自己永遠不要投生在億萬富翁的家庭，因為這樣的環境只會讓你看到世界美好的一面，剝奪你了解佛法的財富。同時，祈願你能成為美國、中國或俄羅斯的總統，因而你能運用這個職位所賦予的權力，善巧地利益眾生。

祈願成為大都市裏破敗紅燈區裏的一名妓女，讓每個與你相識的人，在他們心中都生起菩提心。

祈願能認真徹底地修持佛法，祈願你不要總是想要等到適當的時機才開始修持。一有時間，你就找個安靜的地方修持。

祈願永遠不要因為想要獲取更多佛法上的學術知識，因而不去修持已經了解的佛法。

祈願你能體驗悲傷。

祈願你不論多麼無知，總是能朝着正確的方向前進。祈願當你追求無意義的欲望時，你欲望的目標能引導你去利益眾生。當你發脾氣時，願你對自己的行為感到慚愧，並能獲得一些領悟。當你感到沮喪時，願那沮喪成為你了悟真諦之因。

而最重要的是，一直**祈願**去「**祈願**」。

菩提伽耶

附錄

《大方廣佛華嚴經》《普賢行願品》

唐罽賓國三藏般若 譯

所有十方世界中，三世一切人師子，我以清淨身語意，一切遍禮盡無餘。
普賢行願威神力，普現一切如來前，一身復現剎塵身，一一遍禮剎塵佛。
於一塵中塵數佛，各處菩薩眾會中，無盡法界塵亦然，深信諸佛皆充滿。
各以一切音聲海，普出無盡妙言辭，盡於未來一切劫，讚佛甚深功德海。
以諸最勝妙華鬘，伎樂塗香及傘蓋，如是最勝莊嚴具，我以供養諸如來。
最勝衣服最勝香，末香燒香與燈燭，一一皆如妙高聚，我悉供養諸如來。
我以廣大勝解心，深信一切三世佛，悉以普賢行願力，普遍供養諸如來。
我昔所造諸惡業，皆由無始貪瞋癡，從身語意之所生，一切我今皆懺悔。
十方一切諸眾生，二乘有學及無學，一切如來與菩薩，所有功德皆隨喜。
十方所有世間燈，最初成就菩提者，我今一切皆勸請，轉於無上妙法輪。

諸佛若欲示涅槃，我悉至誠而勸請，唯願久住剎塵劫，利樂一切諸眾生。
所有禮讚供養福，請佛住世轉法輪，隨喜懺悔諸善根，迴向眾生及佛道。
我隨一切如來學，修習普賢圓滿行，供養一切諸如來，及與現在十方佛。
未來一切天人師，一切意樂皆圓滿，我願普隨三世學，速得成就大菩提。
所有十方一切剎，廣大清淨妙莊嚴，眾會圍繞諸如來，悉在菩提樹王下。
十方所有諸眾生，願離憂患常安樂，獲得甚深正法利，滅除煩惱盡無餘。
我為菩提修行時，一切趣中成宿命，常得出家修淨戒，無垢無破無穿漏。
天龍夜叉鳩槃荼，乃至人與非人等，所有一切眾生語，悉以諸音而說法。
勤修清淨波羅密，恆不忘失菩提心，滅除障垢無有餘，一切妙行皆成就。
於諸惑業及魔境，世間道中得解脫，猶如蓮華不着水，亦如日月不住空。
悉除一切惡道苦，等與一切群生樂，如是經於剎塵劫，十方利益恆無盡。
我常隨順諸眾生，盡於未來一切劫，恆修普賢廣大行，圓滿無上大菩提。
所有與我同行者，於一切處同集會，身口意業皆同等，一切行願同修學。

所有益我善知識，為我顯示普賢行，常願與我同集會，於我常生歡喜心。
願常面見諸如來，及諸佛子眾圍繞，於彼皆興廣大供，盡未來劫無疲厭。
願持諸佛微妙法，光顯一切菩提行，究竟清淨普賢道，盡未來劫常修習。
我於一切諸有中，所修福智恆無盡，定慧方便及解脫，獲諸無盡功德藏。
一塵中有塵數剎，一一剎有難思佛，一一佛處眾會中，我見恆演菩提行。
普盡十方諸剎海，一一毛端三世海，佛海及與國土海，我遍修行經劫海。
一切如來語清淨，一言具眾音聲海，隨諸眾生意樂音，一一流佛辯才海。
三世一切諸如來，於彼無盡語言海，恆轉理趣妙法輪，我深智力普能入。
我能深入於未來，盡一切劫為一念，三世所有一切劫，為一念際我皆入。
我於一念見三世，所有一切人師子，亦常入佛境界中，如幻解脫及威力。
於一毛端極微中，出現三世莊嚴剎，十方塵剎諸毛端，我皆深入而嚴淨。
所有未來照世燈，成道轉法悟群有，究竟佛事示涅槃，我皆往詣而親近。
速疾周遍神通力，普門遍入大乘力，智行普修功德力，威神普覆大慈力。

遍淨莊嚴勝福力，無着無依智慧力，定慧方便威神力，普能積集菩提力，
清淨一切善業力，摧滅一切煩惱力，降伏一切諸魔力，圓滿普賢諸行力。
普能嚴淨諸剎海，解脫一切眾生海。善能分別諸法海，能甚深入智慧海。
普能清淨諸行海，圓滿一切諸願海，親近供養諸佛海，修行無倦經劫海。
三世一切諸如來，最勝菩提諸行願，我皆供養圓滿修，以普賢行悟菩提。
一切如來有長子，彼名號曰普賢尊，我今迴向諸善根，願諸智行悉同彼。
願身口意恆清淨，諸行剎土亦復然，如是智慧號普賢，願我與彼皆同等。
我為遍淨普賢行，文殊師利諸大願，滿彼事業盡無餘，未來際劫恆無倦。
我所修行無有量，獲得無量諸功德，安住無量諸行中，了達一切神通力。
文殊師利勇猛智，普賢慧行亦復然，我今迴向諸善根，隨彼一切常修學。
三世諸佛所稱歎，如是最勝諸大願，我今迴向諸善根，為得普賢殊勝行。
願我臨欲命終時，盡除一切諸障礙，面見彼佛阿彌陀，即得往生安樂剎。
我既往生彼國已，現前成就此大願，一切圓滿盡無餘，利樂一切眾生界。

彼佛眾會咸清淨，我時於勝蓮華生，親睹如來無量光，現前授我菩提記。
蒙彼如來授記已，化身無數百俱胝，智力廣大遍十方，普利一切眾生界。
乃至虛空世界盡，眾生及業煩惱盡，如是一切無盡時，我願究竟恆無盡。
十方所有無邊剎，莊嚴眾寶供如來，最勝安樂施天人，經一切剎微塵劫。
若人於此勝願王，一經於耳能生信，求勝菩提心渴仰，獲勝功德過於彼。
即常遠離惡知識，永離一切諸惡道，速見如來無量光，具此普賢最勝願。
此人善得勝壽命，此人善來人中生，此人不久當成就，如彼普賢菩薩行。
往昔由無智慧力，所造極惡五無間，誦此普賢大願王，一念速疾皆消滅。
族姓種類及容色，相好智慧咸圓滿，諸魔外道不能摧，堪為三界所應供。
速詣菩提大樹王，坐已降伏諸魔眾，成等正覺轉法輪，普利一切諸含識。
若人於此普賢願，讀誦受持及演說，果報唯佛能證知，決定獲勝菩提道。
若人誦持普賢願，我說少分之善根，一念一切悉皆圓，成就眾生清淨願。
我此普賢殊勝行，無邊勝福皆迴向，普願沉溺諸眾生，速往無量光佛剎。

十方四時祈願文

南摩咕嚕。猴年猴月初十日，在桑耶中殿玉面裏開啟金剛法界壇城時，蓮師親誦本祈願文。自此而後，諸王臣子民等將其作為長期修持之法，敦促後代行者們亦應一心修持之。

十方四時佛陀與佛子　上師本尊空行護法眾
無餘剎土塵數請蒞臨　安住前方虛空蓮月墊
身口意三恭敬而頂禮　內外密與法性作供養
所依勝妙一切善逝前　吾深愧咎過去諸罪業
現造罪業認過誠懺悔　將來彼中反悔吾戒之
隨喜一切佛德與諸善　勸請諸佛尊眾勿涅槃
請轉三藏無上妙法輪　所積善根迴向諸眾生

諸眾願登無上解脫地
佛與佛子誠祈垂念我

吾自所著極勝此願文
普賢如來以及彼佛子

勝者文殊師利勇猛智
願我如是隨學彼等德

聖教妙德至寶上師眾
願如虛空廣遍諸法界

如同日月普照諸方所
亦願穩如須彌恆堅固

教法根基至寶僧伽眾
祈願和合淨戒具三學

教法精髓密咒實修部
祈願具誓圓滿生圓次

教法施主護法之君王
祈願國政興盛益教法

護持教法貴族大臣眾
祈願俱智威望祈增上

奉養教法富裕戶長眾
祈願具財亦無諸災害

誠信正教所有國度中
願享安樂平息諸違緣

行於道中瑜伽行者吾
祈願不犯誓言所願成

與吾一切善惡結緣眾
祈願暫時究竟佛攝持

諸眾普入無上大乘門　祈願獲得普賢王果位

穆汝贊普王子之化身，伏藏大師秋吉德千林巴由聖地桑欽南扎之右角珍寶堆集山之上部下方所挖掘出的伏藏法，由空行母耶喜措嘉親手書寫為藏文於大譯師毘盧遮那之絲綢法袍上。伏藏取出後，即刻由貝瑪嘎旺·羅卓泰耶正確謄錄之。願善增上！

聖教廣弘祈願文

節錄自「月藏分・法滅盡品」①

禮敬勇士般的七佛！毘婆尸佛、尸棄佛、毘舍婆佛、拘留孫佛、拘那含佛、迦葉佛，以及釋迦牟尼佛——喬達摩，諸佛之王。

我昔行苦行，為諸眾生故，捨己自身樂，令法久熾然。
我昔捨身命，為諸病人故，亦為貧眾生，令法久熾然。
我昔為菩提，捨財及妻子，寶象馬車乘，令法久熾然。
我昔供諸佛，緣覺及聲聞，父母諸師長，令法久熾然。
為聞菩提故，無量阿僧祇，備受種種苦，令法久熾然。
我修戒律儀，長夜常勤行，十方佛為證，令法久熾然。
我昔常忍辱，忍諸惡眾生，為眾除煩惱，令法久熾然。

我昔勤精進，堅固常伏他，度脫諸眾生，令法久熾然。
我修禪解脫，無色三摩提，恆沙不可數，令法久熾然。
我昔為般若，住在於閑林，演說無量論，令法久熾然。
我昔常憐愍，捨己身血肉，及捨身支節，為增正法眼。
我愍惡眾生，以慈而成熟，安置於三乘，增長正法施。
我昔智方便，度脫諸惡見，安置於正慧，法雨令不絕。
我昔以四攝，救度諸眾生，滅惡煩惱火，令四眾久住。
我昔除外道，諸惡邪見網，安置於正路，四眾得供養。

①摘錄自《大方等大集月藏經》〈法滅盡品第二十〉，亦見《大正新脩大藏經》第十三冊N0.397《大方等大集經》〈月藏分．法滅盡品〉。高齊天竺三藏那連提耶舍譯（梵譯漢）。

菩提伽耶——大覺寺

西域取經詩

唐 義淨三藏法師

晉宋齊梁唐代間，高僧求法離長安；
去人成百歸無十，後者安知前者難？
路遙碧天惟冷結，沙河遮日力疲殫；
後賢如未諳斯旨，往往將經容易看。

這首詩道盡了一切。

供花咒語

當你在聖地供花時，念誦下列咒語：

namo bhagavate pushpe kitu rajaya tathagataya arhate
samyak sam buddhaya tatyatha om pushpe pushpe maha
pushpe supushpe uttbhavepushpe am bhave pushpe
ahva kara ni svaha

南摩　巴嘎哇迭　撲虛佩　科伊圖　拉嘉雅　他塔噶他雅　阿爾哈帖
薩姆雅克　薩姆　布答雅　他迭塔　嗡　撲虛佩　撲虛佩　瑪哈
撲虛佩　殊撲虛佩　烏圖巴雅　撲虛佩　安姆　巴維　撲虛佩
阿哈娃　卡拉　倪　婆哈

念誦此咒語七回，然後供花。此咒語會增加長花的數量，因此你所積聚的福德會增長一千萬倍。

大禮拜咒語

當你在朝聖時供養大禮拜，念誦下來咒語：

om namo bhagavate ratna kitu rajaya tathagataya arhate
samyak sam buddhaya tatyatha om ratne ratne maha ratne ratna
vijaye svaha

嗡　南摩　巴嘎娃迭　拉特那　科伊圖　拉嘉維　他塔噶他雅
阿爾哈帖　薩姆雅克　薩姆　布答雅　他迭塔　嗡　拉特內
拉特內　瑪哈　拉特內　拉特那　維嘉耶　娑哈

如果你行大禮拜時念誦此咒語，就會如同你在一千萬個聖地同時行大禮拜一般，而你所積聚的福德，也會以同樣的倍數增長。

後記

宗薩蔣揚欽哲諾布

這些拉拉雜雜的片斷，連同這偉大的書名，是我在印度佛陀聖地旅遊時，不斷被同行的朋友糾纏，問我在聖地該做甚麼、該想甚麼之後所產生的。

諸位可以看到，這本書絕對不是旅遊指南。如果你是對旅遊指南有興趣的話，我會推薦更敦群佩（Genden Chophel）所著的 *A Guide to India* 以及 Dharma Publishing 出版，Elizabeth Cook 著的 *Holy Places of the Buddha Crystal Mirror 9*。我對孤獨星球（Lonely Planet）出版的旅遊系列所涵蓋大量而詳盡的資訊總是感到驚訝，對於跟我一樣抱持觀光客心態的人，這些系列的書非常有用。

我在這本書裏只放進了幾篇祈請文和皈依文，其中沒有任何一篇是藏人寫的。所以，請大家從流通的無數祈請文中，依你所遵循的傳承，隨意選擇你要念誦的。

如果這本書有可讀性，都要歸功於Janine Schulz的專注與努力。

這本書很大一部分的成果，也來自於由黃淨蕊所帶領的一群愛笑的新加坡人：包括黃靜儀、Karen Choo Lee Yee、Sonam Tenzing、蔡孟芬、Collin Neo、張忠誠、Richard Sheng、Lily Chia、Karma Tendzin、Ben Tan、吳馨慧、Esty Tan、Mary Sheldrake、Magnus Lee。Lane Fagan負責協調文章謄寫，Frank Lee幫忙錄音，Chris Jay和Dave Zwieback處理錄音檔，周素卿、徐以瑜、John Wu Ning Quiang和Pawo Choyning Dorji幫忙搜尋資料。

同時也感謝在Lostwawa House 與Rigpa Publications 的Adam Pearcy、John Canti 與蓮師翻譯小組（Padmakara Translation Group)以及Larry Mermelstein 與那爛陀翻譯委員會（Nalanda Translation Committee)，感謝他們提供非常優秀的英文翻譯版本。也感謝香巴拉出版社（Shambhala Publications）的Emily Bower，以及香巴拉出版社與蓮師翻譯小組，准許我們引用他們所譯的《入菩薩行》英文版。感謝Lucinda Cary、Emily Crow、David Nudell、Philip Philippou和Alex Trisoglio，他們仔細的校稿和對編輯的建議都非常有幫助。感謝Andreas Schulz 設計了可供網路下載的英文版本。

我還想要謝謝Barbara Ma、Valerie Chou、C. J. Ang、Amelia Chow、Anita Lee、Florence Koh、John Chan 和欽哲基金會，他們寶貴的支持讓這本書得以成形。

每次我閱讀這本書的更新稿——我每一版都讀過——總覺得似乎比前一個版本又出現更多的錯誤與矛盾，所以我很快地獲得一個結論：最好閉嘴！對於這本書，有兩件事讓我感到不安。第一，由於我的懶惰，出書的過程已經拖延太久；第二，我最近變得很沒耐心，只想趕緊結束這項工作，因此，你會發現書中有很多錯誤。不過，我必須老實提醒諸位，不要浪費你的時間來駁斥這本書的內容；生命中有很多消磨時間更好的方式，例如：點一盞燈來供養佛。

中譯致謝詞

我要誠摯地感謝　宗薩蔣揚欽哲仁波切，再度地獨厚中文讀者，答允我們將這本「網上自由下載」的書，配上精美的照片，出版成為易於攜帶、深入淺出，卻又充滿大悲與智慧教法的中文書籍。雖然本書是以「朝聖」為題，然而書中處處可見仁波切對學佛弟子們諄諄善誘、不厭其煩地以各種善巧方便指引我們步向證悟之道。在此末法時期，本書着實是我們具足適當福德才能享有的一帖清涼解脫甘露。

我很榮幸能為仁波切再度翻譯他的智慧話語。這本書得以在短時間翻譯完成，要感謝徐以瑜、何念華與蔡孟芬三位同修的大力協助，共同完成初稿的翻譯；徐以瑜小姐更是花了很多工夫，做了許多查證與收集典籍的工作。我也要感謝陳冠中先生的校對，提供給我許多珍貴的建議。也要感謝我的助理田瑾文的協助，以及陳怡茜、方雅鈴的美工設計。然而本人才學有限，全書翻譯有任何錯誤與疏失，都是我自己該負的責任。

願此書的出版，能利益無數無量的眾生！

姚仁喜　西元二〇一〇年八月七日

LOTUS OUTREACH

Lotus Outreach is a secular nonprofit organization dedicated to ensuring the education, health and safety of vulnerable women and children in the developing world.

蓮心基金會

蓮心基金會為一非宗教、非牟利的慈善機構，主要致力於保障發展中國家弱勢婦女兒童之教育、健康與安全。

MONASTIC INSTITUTIONS

Rinpoche supports a number of monasteries and institutions of Buddhist study in India, Tibet and Bhutan.

佛寺學院

宗薩欽哲仁波切長年資助印度、西藏與不丹多所寺廟與佛學院。

BUDDHIST LITERARY HERITAGE PROJECT

The Buddhist Literary Heritage Project（BLHP）is a long-term global initiative with the goal of seeing the riches of Buddhist sacred literature translated into modern languages and made universally accessible.

佛典傳譯計畫

佛典傳譯計畫是一項長期的全球性計畫，其目標是將豐富的佛教聖典翻譯為現代語言，進而使全世界的人都有機會接觸與了解。

The Mandala of Dzongsar Jamyang Khyentse Rinpoche
欽哲壇城

SIDDHARTHA'S INTENT

Siddhartha's Intent（SI）supports Rinpoche's Buddhadharma activities worldwide, through organizing teachings and retreats, transcribing, distributing and archiving recorded teachings, translating manuscripts and practice texts, and establishing a community committed to continual study and practice.

悉達多本願佛學會

悉達多本願佛學會護持宗薩欽哲仁波切遍及世界的佛行事業，其主要工作包括舉辦佛學講座、安排閉關禪修，以及謄寫、流通和保存佛學教授錄音資料，翻譯教授文稿和修持儀軌，並且建立一個致力於持續研修的團體。

KHYENTSE FOUNDATION

Khyentse Foundation is the Philanthropic arm of Rinpoche's activity. The Foundation is a nonprofit organization founded in 2001 to promote the Buddha's teachings of wisdom and compassion for the benefit of all people. The Foundation carries out this mission by building a system of patronage to support all traditions of Buddhist study and practice.

欽哲基金會

欽哲基金會是宗薩蔣揚欽哲仁波切佛行事業中的慈善組織。基金會設立於 2001 年，為一非牟利機構，其目標是弘揚佛陀慈悲與智慧的教法，以利益廣大眾生。為完成這項使命，基金會建立一個資助研修所有佛教傳承的護持系統。

香港皇冠叢書第一三八二種

朝聖——到印度佛教聖地該做的事

作　者—宗薩蔣揚欽哲諾布
譯　者—姚仁喜
發行人—平雲
總經理—麥成輝
出版總監—陳仲明
責任編輯—陳翠賢
封面設計—盧偉文
美術設計—劉睿浚、盧偉文
出版發行—皇冠出版社(香港)有限公司
香港上環文咸東街五〇號寶恒商業中心二十三樓二三〇一至〇三室
電話⊙二五二九一七七八
傳真⊙二五二七〇九〇四
印刷所—美雅印刷製本有限公司
香港九龍觀塘榮業街六號海濱工業大廈四樓A室
香港初版一刷—二〇一六年十月

國際書碼⊙ ISBN:978-988-216-421-5